Philipp Hafner

Der Furchtsame

Ein Lustspiel in drei Aufzügen

Philipp Hafner

Der Furchtsame
Ein Lustspiel in drei Aufzügen

ISBN/EAN: 9783743370753

Hergestellt in Europa, USA, Kanada, Australien, Japan

Cover: Foto ©Andreas Hilbeck / pixelio.de

Manufactured and distributed by brebook publishing software (www.brebook.com)

Philipp Hafner

Der Furchtsame

Der Furchtsame,

Ein Lustspiel in drey Aufzügen.

Verfaßt von Philipp Hafner.

Aufgeführt in dem kaiserl. königl. privilegirten Theater

Zweyte Auflage.

WIEN,
gedruckt und zu finden bey Joseph Kurzböcken, Universitäts-Buchdruckern, auf dem Hofe 1766.

Personen.

Herr von Hasenkopf,	Hr. Weiskern.
Henriette, dessen vermeinte, aber des Alcantors rechte Tochter.	Frau Huberin.
Hr. von Alcantor, alter Bekannter des von Hasenkopf, Vater der Henriette.	Hr. Heydrich.
Valere, ein Hauptmann. Sohn des Alcantor, Liebhaber und Bruder der Henriette.	Hr. Stephanie.
Hr. von Heinzenfeld, bestimmter Bräutigam der Henriette.	Hr. Müller.
Lisette, Dienerin der Henriette.	Frau Schwagerin.
Hannswurst, ein Fourierschütz, Diener des Valere. Liebhaber der Lisette.	Hr. Prehauser.
Jaques, ein Friseur.	Hr. Gottlieb.
Ein Hausmeister.	Hr. Jaquedt

Die Handlung fängt sich bey anbrechendem Tage an, und endet sich gegen Mitternacht.

Der

Der Furchtsame.

Erster Aufzug.

Erster Auftritt.

Gasse.
Valere und Hannswurst.

Val. zu Hw. Mache fort! Was soll das Zaudern? Du weißt, daß mir jede Minute heute kostbar ist. Schäm dich, und sey doch nicht immer dem Schlafe ergeben. (ermuntert ihn.)

Hw.

Hw. (welcher immer im Gehen geschlaffen hat, und nunmehr erwacht.) Ja! gnädiger Herr! - ich komme schon! - aber das hab ich doch nie erlebt, was sie anfangen, bey ihnen soll der Mensch gar keinen Schlaf haben. - Wer wird dieß ertragen können? - es ist doch wahrhaftig nicht erlaubt; was sollen wir denn schon wieder auf der Gasse, da der Tag selbst noch nicht munter ist?

Val. Du fragest noch? das ist wohl ein Zeichen? daß du keinen Antheil an deines Herrn Liebesgeschäften nimmst.

Hw. Liebesgeschäfte? - das ist alles wohl recht, aber ist denn nicht den ganzen Tag hindurch Zeit genug zu lieben? - ich bin auch verliebt, aber an meinem Schlafe laß ich mir nichts benetzen, ja ich schlafe bey Nacht, damit ich am Tage munter carasiren kann.

Val. Du weist aber so gut, als ich, daß meine Liebe zu vielen Gefahren ausgesetzt ist, als daß ich beym Tage ihrerwegen etwas unternehmen könnte.

Hw. Und ich glaube, die Nachtamouren sind weit gefährlicher, als die am Tage, denn die Nacht ist des Menschen Feindin.

Val. Du nimmst die Sache auf der schlimmen Seite; weist du denn nicht, daß einzig die Morgenstunden mir bisher verhülflich gewesen, meine unschätzbare Henriette zu sprechen, oder ihr doch wenigstens einen Brief behändigen zu lassen, weil sie den ganzen Tag hindurch sich

auch

Ein Lustspiel.

auch nicht eine Minunte lang von der Seite ihres eigensinnigen und närrisch-furchtsamen Vaters entfernen darf: weist du nicht, daß sowohl ihr als mein Vater unsrer Liebe gänzlichen entgegen ist, und daß Beyde allen unseren Unternehmungen auf das genauiste nachspähen; es ist also die Minute unmöglich zu versäumen, die ich meiner Zärtlichkeit zum Nutze verwenden kann, und dir soll es so viel als mir darum zu thun seyn, weil eben deine Liebste bey Henriette in Diensten steht.

Hw. Daß weiß ich alles wohl, aber der Mensch muß nothwendiger schlafen, als lieben; ich schlafe gerne zu Nacht meine Portion weg, hingegen bin ich bey Tag frisch, wie der Vogel in der Luft. Sie aber gnädiger Herr! seufzen die ganze Nacht hindurch, und eh der Tag anbricht, steigen sie schon zum Bethe heraus, schlafen am ganzen Tage nicht, und sind doch auch nicht gänzlich munter, sondern gehen herum, wie ein Schatten; verzeihen sie, solche Liebhaber sind beym Frauenzimmer nicht allezeit angenehm, denn sie werden die schläfrigen Liebhaber genannt, das Frauenzimmer gönnt einem Liebhaber zu Nacht gerne seinen Schlaf, wenn es nur weiß, daß er bey Tage recht munter und lebendig ist.

Val. Aber, zum Teufel du ungeschickter Sittenlehrer, wie oft soll ich dir es noch sagen, daß die Umstände meiner Liebe mich hier so früh eintreffen heissen.

Hw. Warum? was wollen sie itzt vor dem Hause? mit Fräulein Henriette können sie doch nicht sprechen, wollen sie also das Gebäude betrachten, oder ist ihre verliebte Einbildung gar so groß, daß sie glauben, das Fräulein am Fenster zu sehen? wie jüngst ein gewisser Herr, der einem Budel in zweyten Stock einen Kuß hinaufgeworfen hat, in Meinung, daß er ein Fräulein in einem schwarzen Saloppe zum Fenster herausschauen sehe.

Val. Possereyen! - du sollst es gleich hören, warum ich mich so früh hierher begeben. (Zieht einen Brief aus der Tasche.) Hier ist ein Brief, diesen sollst du alsogleich der Henriette überbringen, und auf eine Antwort warten.

Hw. Das ist leicht gesagt, aber schwer gethan, ich? ich sollt der Henriette einen Brief übergeben? ich? der ich mich im Hause nicht einmal darf blicken lassen; das mag ich gewiß nicht, ich hab die letzte Ehr noch nicht vergessen, die mir der alte Herr hat anthun lassen; wie ich dem Fräulein hab wollen einen Brief bringen; zum größten Glücke, daß ich ihm aus den Augen kamm, weil ich vor Aengsten in den Keller fiel, sonst hätte er mich gewiß todtschlagen lassen; und der Hausmeister, der ist gar ein Balsam von einem Flegel.

Val. Pfuy schäm dich! du, der du so lange Soldat gewesen, und dich jederzeit im Felde so wohl gehalten hast, du fürchtest nun einen alten Mann und einen Hausmeister?

Hw.

Zw. Im Felde und hier ist es ganz etwas anders, wenn einer im Felde auf mich loßgieng, schlug ich ihn todt, aber das geht hier nicht an; geben sie mir Erlaubniß, daß ich dem alten Herrn und dem Hausmeister den Hals brechen darf, so sollen sie Henrietten in einer Stunde haben, aber daß ich mir aus Respect gegen ihren künftigen Herrn Schwiegerpapa soll Arm und Bein entzwey schlagen lassen, das ist einmal kein Begehren.

Val. Den Brief muß Henriette bekommen, es gehe auch wie es wolle.

Zw. Was wird denn auch so Wichtiges darinn enthalten seyn, als der Verliebten Gewöhnliches - mein Engel! - ich schmachte; - meine Schöne! - mein Leben! - meine Gebietherin! - ich küsse sie in Gedanken; - mein Abgott! - schenken sie mir ihr Herz? - ich schwöre ihnen ewige Treue; - ich sterbe; - hohl mich der Teufel! - und dergleichen verliebte Possen. Und es ist doch alles umsonst, denn erstens läßt euer Gnaden Herr Papa diese Heyrath nicht zu; und zweytens wissen sie schon, daß der alte Hasenkopf seine Tochter keinem andern, als dem Dumkopfe gibt, der aus Absicht dieser Verbindung hieher gereißt ist, und sogar beym Alten im Hause wohnet.

Val. Was meinen Vater betrift, so wird er endlich auch seine Einwilligung dazu geben, und von Henrietten bin ich versichert, daß sie den erzdummen Heinzenfeld gewiß nicht ehlichen werde; und kurz, ich habe einen Weeg, ihrem Vater, meinem Vater, und dem seyn sollenden Bräutigam durch den Sinn zu fahren.

Hw. Den Weg wollt ich doch auch gerne wissen; morgen müssen sie zum Regimente abreisen, und bis sie etwa wieder einmal hieher kommen, wird Henriette nicht allein schon die Frau von Heinzenfeld, sondern vielleicht gar eine Mama von 40. bis 50. Kindern seyn. Lassen sie die ganze Sach beyseite, leben sie ruhig, vergessen sie Henrietten, ich will meiner Lisette auch vergessen; was ligt an einem Frauenzimmer; der Soldatenstand trift überall etwas von dem weiblichen Geschlechte an.

Val. Wo mein Regiment ligt, ist nichts von Schönen befindlich.

Hw. Lassen sie es gut seyn, wenn auch noch nichts dort ist, sobald die Weibsbilder wissen, wo ein Regiment ligt, so reisen sie schon selbst zu, denn der Cupido fängt gleich zu recroutiren an.

Val. Ich bin nicht so leichtsinnig wie du, mein Herz hat Henrietten die Treu geschworen, mein Herz wird sie auch nicht brechen. Mit einem Worte, ich gehe Morgen zum Regimente ab, und ich entführe heute in der Nacht Henrietten, in gegenwärtigem Briefe ist enthalten, auf was Art ich die Sache anschicken will.

Hw. (nachdenkend.) Wahrhaftig! = das läst sich hören; = das ist der beste Gedanke, da halt ich auch mit; sie entführen das Fräulein, und ich die Lisette, = das ist gerade ein vierfitziger Wagen voll Schelmen. = Aber wenn wir =

Val=

Val. Kein Aber! es ist alles so veranstaltet, daß wir nichts zu besorgen haben, überbringe nur geschwind den Brief.

Hw. Gnädiger Herr, das ist unmöglich; es wird schon Tag, und ausser der Nacht trau ich mir nicht in das Haus zu kommen.

Val. Geh! mache fort! seh, wie du in das Haus kommst, und ob es gleich deine Schuldigkeit ist, mir zu dienen, so geb ich dir dennoch drey Ducaten, wo du diesen Brief richtig bestellest.

Hw. (nachrechend) Drey Ducaten betragen beyläufig 43. Siebenzehner - gesetzt, vom Alten bekomm ich 25. und vom Hausmeister auch 25. Prügel; das sind 50. -- 43. Siebenzehner für 50. Prügel, kömmt der Schlag auf einen Siebenzehner, und 7. Prügel gehen drein. -- Es sey! die Bezahlung ist gnug, hab ich doch schon einmal beym Regimente 50. Prügel umsonst aushalten müssen; (zum Val.) wo haben sie den Brief? geben sie ihn her, ich trage ihn hinein.

(Val. gibt dem Hw. den Brief.) Hier hast du ihn, mache fort, ich erwarte dich hier. (Val. bleibt in Gedanken stehen.)

Hw. Ich werde bald wieder zuruckkommen. (will in des Hasenkopfs Haus gehen, und da solches verschlossen ist, macht er eine zornige Mine, und will auf der andern Seite der Bühne abgehen.)

Val. (ruft den Hw. zuruck.) Wo gehst du hin Hannswurst.

Hw. Ich will einen Schlosser hohlen, daß er mir das Haus aufsperrt, denn es ist noch verschlossen.

Val. Du Thor! was für ein närrischer Einfall. Bleib hier, klopf sachte an, es wird doch Niemand ausser dem Hausmeister herbeykommen, und vielleicht ist es eben dieser, der mittels eines kleinen Geschenkes den Brief dem Fräulein selbst behändigt.

Hw. Das kann seyn; einmal hat er würklich einen Brief von mir angenommen, und ihn richtig übergeben, ob ihm aber immer zu trauen ist, das steht im Zweifel; denn ein Hausmeister ist drey Viertljahr grob, und ein Vierteljahr höflich.

Val. Laß es gut seyn durch Geld läßt sich vieles zu Stande bringen. = Geh! poche an;

Hw. (klopft an des Hasenkopfs Haus) (zu Val.) Ich höre schon wen kommen.

Zweyter Auftritt.
Der Hausmeister aus des Hasenkopfs Hause, und die Vorigen.

Hausmeister.

Was ist denn dieß für ein Lärm bey anbrechendem Tage? bey der Nacht ist keine Ruh, und kaum als der Tag anfängt, so ist schon das verdammte Getöß an der Hausthüre, = was solls seyn? = =

Val.

Val. Itzt mußt doch du den Brief in das Haus bringen.

Hw. Itzt wär es gar recht, der Hausmeister wird ohne dieß geraden Weegs zum alten Herrn geloffen seyn, gehen wir lieber fort, es wird schon lichter Tag, es kommen immer mehr Leuthe, zuletzt werden wir noch die größte Verdrießlichkeit von der Welt haben. (siehet in die Scen.) Dort kömmt schon wieder Jemand.

Val. (siehet in die Scen.) Es ist der Monsieur Jaques, der Friseur des Fräuleins Henriette; was soll es gelten, er kömmt sie aufzusetzen, und er kömmt eben - als ob ich ihn geruffen hätte, denn der wird es gewiß auf sich nehmen, den Brief hinein zu tragen.

Hw. Das ist wahr, wenn ein Friseur sich nicht mehr um das Brieftragen annimmt, gute Nacht Kupplerey!

Vierter Auftritt.

Jaques ein Friseur, Valere und Hannswurst.

Fris. Um fünft Uhr hätt ich sollen bey Fräulein Henriette seyn, und itzt ist es gleich sechs Uhr. So geht es, wenn mann zu lange schläft; doch eine Ausrede macht alles gut, und ein dummer Friseur müßte jener seyn, der sich nicht durch geschickte Lügen herauszuwideln wüste. (will eilends in des Hasenkopfs Haus)

Val.

Val. (zieht den Friseur zurück) Monsieur Jaques! auf ein Wort!

Fris. O! euer Gnaden! sind sie es? es freut mich die Gnade sie zu sehen! was befehlen sie?

Val. Der Herr geht gewiß in das Haus, um Henrietten zu frisieren.

Fris. Nicht anders gnädiger Herr.

Val. Wollt mir der Herr nicht so gefällig seyn, bey dieser Gelegenheit der Henriette einen Brief, gegen 3. Ducaten für die Bemühung, zuzustecken.

Fris. O! sehr gerne! sie haben zu befehlen; Euer Gnaden haben auch sehr wohl daran gethan, sich dießfals an mich zu halten, denn Leuthe von meinem Character wissen mit solchen Liebesgeschäften besonders gut umzugehen; wie wär es sonst möglich, sich in der Welt so gut fortzubringen? denn Haarpuder, Kamm und Pomade sind wohl hinreichend, den Mund und den übrigen Leib auf das genauiste zu erhalten, aber die Gelegenheitshandlungen machen einen geschickten Friseur erst glücklich; ein dummer Haarkrauser, der sonst nichts, als einen Kopf zu krausen weiß, bleibt am ganzen Tage ein Friseur; wir geschickten Friseurs aber, die wir uns auch zu Liebesintriguen gebrauchen lassen, sind nur Vormittage, solang wir Haar krausen, Friseurs, Nachmittage aber sind wir so gut, als gnädige Herren; und ich wollte gerne sehen, wer uns, ausser denen, die uns kennen, für Friseurs halten sollte, wenn wir mit verbrämten und gestickten Kleidern, und

öfters

öfters auch mit Federhüten uns auf Sälen und andern öffentlichen Orten sehen laſſen; da ſagt man Nachmittag ſo gut zu uns Euer Gnaden, als wir es Vormittag zu unſern Kundſchaften ſagen.

Hw. (vor ſich) Der Kerl iſt ein Portrait-mahler von Friſeuren.

Val. Nu gut! lieber Monſieur Jaques! (gibt dem Friſ. Brief und Geld) hier hat er den Brief, und hier ſind 3 Ducaten, geb er ja genau acht, den Brief ſo zu beſtellen, daß es auſſer Henrietten kein Menſch erfährt, die Antwort bringt mir der Herr in mein ihm ohnehin bekanntes Quartier, wo alsdenn noch eine Belohnung folgt.

Friſ. nimmt Brief und Geld.) Ich küße Euer Gnaden die Hand für das Geld; der Brief wird auf das richtigſte beſtellt werden; denn wir Friſeurs haben ja zu ſolchen Unternehmungen die ſchönſte Gelegenheit. Erſt jüngſt überbrachte ich einem Frauenzimmer einen Brief, ſie las ihn, als eben ihr beſtimmter Bräutigam eintratt, er ſollte nichts davon wiſſen, er überraſchte ſie, ſie wuſte nicht geſchwind den Brief zu verbergen, im Augenblicke nahm ich ihn ihr aus der Hand, ſchnitt Papilloten daraus, und krauſte ſie damit, ſobald ihr betrogener Liebhaber weg war, nahm ich ihr die Papiergen vom Kopfe, ſie ſetzte ſie wieder in Ordnung zuſamm, las den ganzen Brief, und gab mir eine ſchriftliche Antwort mit. So müſſen ſich geſcheide Leuthe zu helfen wiſſen.

B Hw.

Hw. Wenn ich einmal beyrathe, so muß mein Weib eine dreyknüpfige Peruque tragen, nur daß sie kein Friseur im Haus aufsetzen darf.

Val. Ich habe mich also zu verlassen Monsieur Jaques?

Fris. Vollkommen Euer Gnaden.

Hw. Auf ein Wort, Herr von Haarzauser! warum heissen sie denn itzt Monsieur Jaques, und erst im vorigen Jahre haben sie noch Herr Jacob geheissen?

Fris. Das ist zwar eine kühne Frage, Hr. Hanswurst! aber ich wil ihrem Vorwitze doch genug thun; noch vor einem Jahre war ich in der ganzen Stadt der deutsche Jacob, ich hatte Kundschaften, aber sehr wenige, ich konnte kaum genug Brod gewinnen, warum? man warf mir vor, daß ich nur auf deutsch frisiren konnte, und Pariß nie gesehen hätte; das bracht mich gezwungener Weise auf den Einfall, die Welt zu betriegen; ich gab vor, nach Pariß zu reisen, ich verließ also meine Kundschaften, die mir noch hin und wieder eine Reitzehrung schenkten, und gieng aus der Stadt; weil ich aber nicht Geld genug hatte, diese Reise zu unternehmen, begab ich mich auf das nächste beste Dorf zu einem elenden Stümper unserer Profeßion, bey solchem behalf ich mich durch drey Viertel jahre kümmerlich, und kam endlich wieder in die Stadt; von diesem Augenblicke an hieß man mich den Monsieur Jaques, man bewunderte meine Pariserart im Frisieren, ob ich gleich auf dem Dorfe sogar
von

von meiner vorigen Geschicklichkeit vieles vergessen hatte; ich bekame zehnmal mehr Arbeit als vorhin; alles bewunderte mich, und da mir vormals als Herrn Jacob für einen Kopf 17 Kreutzer bezahlt worden, so bekömmt der Monsieur Jaques itzt für einen Kopf 2, 3 auch 4 Gulden.

Hw. Wenn das wahr ist, so laß ich mich morgen in das Französische übersetzen, denn wenn der Hanswurst monatlich als Lakey 10 fl. gewinnen kann, so muß der Jean Saucisse doch wenigstens das Monat hindurch 20 fl. verdienen.

Fris. Itzt muß ich geschwind fortmachen, das gnädige Fräulein wartet ohnehin seit fünf Uhr schon auf mich. (zu Val.) Euer Gnaden haben sich auf mich zu verlassen, in einer Stunde komm ich mit der Antwort zu Ihnen.

Val. Leb der Herr wohl, ich erwart ihn bey mir. - Folge mir Hanswurst.

Hw. (heimlich zu Val.) Haben sie in den Brief hineingeschrieben, daß die Lisette auch mit durchgehen soll?

Val. Ohne Zweifel, sorge dich um nichts.

Hw. Nu das ist schon gut, wenn es so ist.

Val. Adieu Monsieur Jaques. (geht ab.)

Fris. Ich empfehle mich Euer Gnaden gehorsamst.

Hw. Dem Herrn muß man sich zweymal empfehlen. Herr Jacob, ich empfehle mich, Monsieur Jaques votre Serviteur de tout mon cœur. (geht ab.)

B 2   Fünf-

Fünfter Auftritt.
Der Friseur allein.

Nun sind sie fort; der Herr Hauptmann Valere hat sich mit seinem Briefe an einen Unrechten gemacht, denn er weiß nicht, daß sein Herr Papa mir schon vorlängst Befehle gegeben, auf die Liebesunternehmungen zwischen ihm und der Henriette die genauiste Acht zu haben, er ist dieser Liebe gänzlichen entgegen, und hat mir eine ansehnliche Belohnung versprochen, wo ich ihm alles hinterbringen werde, ich hebe also den Brief auf, und übergeb ihn den Papa des Herrn von Valer, sobald es thunlich ist; dem jungen Herrn will ich schon etwas Blindes vormachen, und mir noch mehr Zutrauen bey ihm zu verschaffen suchen, so trägt es mir sowol von seiner, als seines Vaters Seite Geld ein! -- aber zweyen Gegentheilen zugleich zu dienen? = Monsieur Jaques! wo bleibt das Gewissen? - doch wer wird immer so gewissenhaft seyn. - Und warum soll ein Friseur diese Sache so genau nehmen? da es doch sogar Advocaten in der Welt giebt, die die Parthey und die Gegenparthey öfters zugleich vertretten. (geht ab.)

Sechster Auftritt.

Zimmer des Herrn von Hasenkopf mit einem Bethe und einigen Sesseln.

Herr von Hasenkopf, welcher in einem Schlafrocke auf dem Bethe ligt, Henriette, welche schlaffend auf einem Sessel sitzt, und Lisette, welche vor ihr, in der Hand das Frühstück haltend, steht.

Lisette. (vor sich.)

Ich kann sie nicht ermuntern. (zu Henrietten, die sie immer zupft) Fräulein Henriette! die Chokolade ist hier, die sie erst zuvor verlangt haben.

Henr. (erwachend.) Bist du hier? - was willst du? - ja! das Frühstück, es ist wahr, ich habe von neuen eingeschlaffen. (Nimmt und trinkt Schokolade.) - der Papa schläft noch? -

Lis. O ja! und recht sanft dazu; sie wissen ja, daß ihn seine närrische eingebildete Furcht ehe nicht schlafen läßt, bis der Tag zum Fenster herein sieht.

Henr. Ich bin so matt, als ob mir alle Glieder gebrochen wären, heut ist bereits die vierte Nacht vorbey, die ich immer auf dem Sessel sitzend zugebracht habe, weil die rasende Furcht meinen Vater wieder von neuen bethört hat, daß er von Geistern und Truden besucht zu werden sich einbildet, wenn er es noch lange so arg treibt, so wird er samt mir und den Dienstbothen ein Opfer seiner närrischen Furcht werden, und in das Krankenbeth, wo nicht gar in das Grab kommen.

Lis. Ich freu mich schon wieder, übermorgen kömmt die Woche an mich, wo ich bey ihm wachen muß; wenn ich nicht ihnen zu lieb aushielte, wo wär ich schon hingelaufen, statt hier zu dienen.

Henr. Auch die unruhigen Nächte würden mir bey meinem Vater noch erträglich werden, wenn ich nur am Tage in Vergnügen leben könnte, aber auch dieses will mir sein Eigensinn nicht vergönnen, ich lebe ohnehin ohne alle Freude auf der Welt; Valer ist noch der einzige Gegenstand, der mich vergnügen kann, und zu dieser Liebe will mein Vater seine Einwilligung durchaus nicht geben, sondern mich durch die Verbidung mit dem pedantischen und närrischen Heinzenfeld, den mein Herz auf das äusserste hasset, lebenslang unglücklich machen.

Lis. Aber was wollen sie anders thun, als alles mit Gedult ertragen, und sich mit der Hofnung eines künftig bessern Schicksals trösten? der Herr Hauptmann von Valer hat ihnen ja jüngst versprochen, ein gewisses Mittel zu ergreifen, wodurch wir Beyde unsere Geliebte erhalten können.

Hr. v. Haf. (welcher erwacht, und im Bethe aufsitzt) (ängstig) He! ist Niemand hier?

Henr. Ja, Hr. Papa! ich und Lisette sind zugegen.

Hr. v. Haf. O weh! das war heute wieder eine Nacht! wenn es nur immer Tag wär - oder daß

Ein Lustspiel.

daß es keine Geister gäbe! - habt ihr heute Nacht gar nichts gehört?--

Henr. Nein Hr. Papa! nicht das geringste.

Lis. Ich habe auch nichts gehört, als den Nachtwächter, der die Stunden ausgeruffen hat.

Has. O! ihr schlafet, wie die Postknechte, -uerwegen könnten sich die Leuthe zu todte fürchten, oder von den Geistern beym Haare herumgerissen werden - so habt ihr vielleicht die Klage auch nicht einmal heulen gehört?--

Henr. In der That nicht, Herr Papa.

Lis. Ey ja Klag! es wird wohl wieder ein Hund gewesen seyn, wie jüngst, da sahen sie auch den Peruqenstock am lichten Tage für einen Geist an, bis ich ihn ihnen gezeigt habe.

Has. Ja ja! frevle du nur! - du wirst so lange deinen Spaß haben, bis dich einmal ein Gespenst wird recht zu packen kriegen.- Das ist mir unbegreiflich, haben die beyden Närrinnen nicht einmal die Klage heulen gehört, und sie heulte von zwölf bis zwey Uhr so fürchterlich, als ich sie noch einmal gehört habe. (steht vom Bethe auf.) wenn wird sie doch etwa wieder aus unserem Hause oder aus der Nachbarschaft hinausheulen? - der Himmel sey doch Jedem gnädig - mich überfällt eine gewisse Furcht, eine gewisse Ahndung.-- Geh Lisette! sage dem Hausmeister, er soll geschwind zu dem Herrn von Alcanter springen, und nachsehen, ob ihn nicht etwa heute früh der Schlag getroffen - denn er hat mir dieser Tage über einen gewissen Schwindel geklagt,

und

und die Klage weint doch auch niemals umsonſt; vielleicht! vielleicht iſt es ihn angegangen.

Liſ. Verzeihen ſie gnädiger Herr! ich fürchte, der Hr. von Alcantor möchte ſie hierüber auslachen, oder wohl gar verdrießlich werden. . .

Haſ. Ja wenn er ſo närriſch wär, wie du! er wird vielmehr meine Sorgfalt loben, beſonders wenn ich es ihm wegen der Klage erzählen werde - was haſt du mir einzureden? geh! und verrichte, was ich dir befehle, laß mir auch zugleich den Herrn von Heinzenfeld kommen.

Liſ. (vor ſich) Hab ich in meinem Leben einen ſolchen Phantaſten geſehen! (geht ab.)

Siebender Auftritt.

Hr. v. Haſenk. Henr.

Haſ. (trocknet ſich das Geſicht ab) Ja! meine Liebe Henriette! die verwünſchte Trud iſt, ungeachtet du ſamt dem Hausmeiſter im Zimmer wareſt, heute Nacht wieder hier geweſen; gedrückt hat ſie mich zwar nicht, aber ſie wollte eben auf das Beth ſteigen, als ich noch Zeit gewann, auf euch zu ruffen - ich weiß kein Mittel mehr, mir Ruhe bey der Nacht zu verſchaffen. Wenn ich ein neues Sontagkind wär, ſo nähm es mich nicht wunder; wo ein Geſpenſt iſt, ſo muß ich es ſehen - wo es poltert, da muß ich es hören, und ich allein muß es hören, eben ich, und ihr alle hört und ſeht im ganzen Hauſe nichts.

Henr.

Henr. Vergeben sie, Herr Papa! sie sind schon gänzlichen von der Furcht eingenommen, und diese ist fähig, wenn sie sich einmal unsrer bemeistert hat, uns durch alle Gegenstände zu schröcken, und auch wenn wir nichts hören, nichts sehen, mittels der Einbildung unsren Augen allerley Gespenster vorzustellen.

Has. Was ich höre, was ich sehe, ist alles mehr, als zu gegründet; sind dieß Einbildungen, wenn ich bey der Nacht im verschlossenen Zimmer seufzen höre, wenn es mit Pantufeln herumgeht, wenn es mit Ketten rauscht, mir die Decke vom Bethe reißt, mich in die Höhe hebt, wenn es lacht, winselt, heult; ja, wenn ich würklich die Geister, wie leßthin deine verstorbene Mutter vor meinem Bethe stehen sehe; was sagst du dazu?

Henr. Ich sage, daß ich die Geister zwar nicht verwerfe, ich behaupte aber dabey, daß die meiste Spuckerey aus den Quellen der Einbildung entstehe, und daß man dergleichen Zufälle auf das genauiste untersuchen müsse, ehe man zur eigenen und anderer Qual sich von blinder Einbildung dahin reissen lasse.

Achter Auftritt.

Hr. von Heinzenfeld, Lisette und die Vorige.

Heinz. Hr. v. Hasenkopf! nachdeme sie mir permissionaliter oder Erlaubnißweise zugestanden, Ihnen personaliter oder persönlicher Weise aufzuwarten, so unterſteh ich mich obedientialiter oder gehorſamer Weiſe zu erſcheinen, und ſie interrogaliter oder Fragweiſe anzugehen, was ſie zu befehlen haben?

Henr. zu Liſ. Könnte man etwas Abgeſchmackteres von einem jungen Menſchen ſehen, als dieſer Thor iſt.

Liſ. zu Henr. Sie ſollen gleich von ſeiner Seite kommen, (laut) gnädiges Fräulein! der Friſeur wartet ſchon lange auf ſie.

Haſ. Eben itzt muß der Friſeur kommen. Nu! geh! aber komm bald wieder, und zwar ehe der Herr von Heinzenfeld weggehet, damit ich nicht allein im Zimmer bin, man mochte ſich ja oft zu todte fürchten, denn beſonders in dieſem Zimmer iſt es am lichten Tage funſicher.

Henr. Ich werde bald wieder hier eyn. (küſt dem Haſ. die Hand)

Heinz. (zu Henr.) Erlauben ſie, daß ich obſequialiter oder ergebniſter Weiſe mich zu fragen unterſtehe, wie ſie heute nocturnaliter oder nächtlicher Weiſe geruhet haben, und bevor ſie totaliter oder gänzlicher Weiſe aus dem Zimmer gehen, ſo vergönnen ſie mir, daß ich recht cordialiter oder offenherziger Weiſe dero ſchönen Hände küſſe; (will Henr. die Hand küſſen.)

Henr. (zieht die Hand zurück.) Verſchonen ſie mich mit ihren läppiſchen Zärtlichkeiten. komm Liſette! (geht ab.)

Liſ.

Lif. (heimlich zu Heinz.) Diese Hand bekommen sie wohl nimmermehr zu küssen, denn mein Fräulein liebt gerne gescheid, und nicht stultaliter oder Narrenweise. (geht ab.)

Neunter Auftritt.
Hasenkopf und Heinzenfeld.

Heinz (vor sich.) Die Mägden reden doch alle gerne jocaliter oder Scherzweise.

Haf. Nu! Herr von Heinzenfeld, wie geht es? wie haben sie geruhet?

Heinz. Aliqualiter oder einiger Weise zu reden ziemlich gut, aber integraliter oder vollkommener Weise nicht.

Haf. Ja ja, das glaub ich, das erbärmliche Geheul der Klage wird sie so wenig, als mich haben ruhen lassen, oder ist die Trud auch etwa bey ihnen gewesen?

Heinz. Man muß nicht gleich so superstitionaliter oder abergläubischer Weiß handeln, ich habe nichts gehört, nicht gesehen; was wollen sie mit ihrer Klage, mit ihren Geistern?

Haf. Herr von Heinzenfeld, ich hoffe doch nicht, daß sie mir etwas wegstreitten werden, was ich mit Ohren höre und mit Augen sehe. Sind sie so glücklich von Gespenstern sicher zu seyn, so danken sie dem Himmel, ich aber werde leider nur gar zuviel von diesem Uebel geplaget, ich habe die ganze Nacht hindurch das Gewinsel der Klage anhören müssen.

Henz.

Heinz. Das wird accidentaliter oder zufälliger Weise eine Katze oder sonst ein Thier gewesen seyn, und wer wird gleich rationaliter oder vernünftiger Weise glauben, daß es realiter oder würklicher Weise ein Gespenst gewesen sey.

Haf. (zornig) Was? = sie glauben auch vielleicht keine Geister? o! wenn sie mein Schwiegersohn werden wollen, so müssen sie Gespenster glauben, denn einen Frevler möchte ich doch niemals in meiner Freundschaft haben. Seyen sie bescheiden! lassen sie sich nicht von dem Leichtsinne gewisser Großsprecher bethören, die zu ihrem Schade meistens jene Wahrheit zu spät kennen lehrnen, der sie vorhin widerstrebet haben; Geben sie den Büchern, der Erfahrenheit rechtschaffener Männer, und endlich mir selbst Gehör, und glauben sie, daß es Geister, Zauberer, Hexen, Truden, Klagen und Alraunen gebe.

Heinz. Hr. von Kasenkopf! ich glaube, was recht ist, allein sie verzeihen, wenn ich ihnen sage, daß ihre Furcht meistens originaliter oder urspünglicher Weise daher rühre, weil sie in ihrer Jugend zu leichtgläubig gewesen; da sie nun die Furcht schon radicaliter oder eingewurzelter Weise an sich haben, so erschröckt sie alles, es mag sich nachdem sowol etwas corporaliter oder körperlicher Weise, als spiritualiter oder geistiger Weise ihren Augen darstellen.

Haf. (aufgebracht) Nu ja! sie haben recht, junger Herr! = wir alten Leuthe sind ohnehin nur Narren der darmaligen jungen gelehrten Welt;

übri=

Ein Lustspiel, 29

übrigens weiß ich, was ich weiß; ich glaube Geister, Träume und Ahndungen, denn ich weiß, warum ich sie glaube; sie haben mich noch nie betrogen. = Wie meine selige Frau starb, hat es, ihrer Einwendung, mein junger Herr! ungeachtet, dennach dreymal an die Thüre gepocht, und wie meine alte Köchin die Suse vom Schlagflusse getödtet ward, fiel am vorhergehenden hellen Tage das Pastettenbrett von der Wand freyer Stücken herab, ohne daß das Band oder der Nagel, worauf und woran es hieng, im geringsten verletzt wurde. = Meine Schwester die verlebte Babette sah würklich einen Schatz im Keller liegen; = meine Muhme sprach sogar mit Geistern, und mein verstorbener Bruder, welcher Hauptmann, und auch einer von denen Herren war, die die Gespenster läugnen, bekam einsmals seines Frevels wegen in einem Gasthause, wo es spuckte, eine derbe Maulschelle; was sagen sie dazu Hr. von Heinzenfeld?

Heinz. (vor sich.) Ich will seine Galle nicht reger machen, denn wo ich ihm widerspreche, so verletze ich ihn lethaliter oder tödtlicher Weise. (zu Haf.) Ich gebe ihnen alles zu, sagen sie mir nur zur Gnade, warum sie mich itzt specialiter oder besondrer Weise zu sich haben ruffen lassen; denn da ich præsentialiter oder gegenwärtiger Weise vor ihnen erscheine, so möcht ich auch essentialiter oder wesentlicher Weise wissen, was sie verbaliter oder Wortweise mit mir sprechen wollen.

Haf.

Haf. (vor sich) Der ganze Mensch ist von lauter Aliter besessen, es möchte einem doch die Gedult vergehn. (zum Heinz.) Die Ursach, warum ich sie habe rufen lassen, ist, um zu hören, wie sie die heutige Nacht zugebracht haben, und zu sehen, ob die Klage nicht etwa sie auf das Todtenbeth geheulet habe.

Heinz. Das ist sehr sorgfältig; allein wenn ich gewust hätte, daß sie sonst nichts verlangten, so wär ich gewiß so punctualiter oder genauer Weise nicht hiehergekommen.

Haf. (spöttisch) Ey! Euer Hochedelgebohrn verzeihen mir doch, daß ich mich unterfangen habe, sie rufen zu lassen. Warum wären sie denn nicht gekommen, gnädiger Herr?

Heinz. Ich fande eben casualiter oder zufälliger Weise eine Seecharte, auf welcher ich mit meinem Finger borealiter oder nordischer Weise, australiter oder südlicher Weise, occidentaliter oder westlicher Weise, und orientaliter oder östlicher Weise herumkreutzte; da geschahe es denn fataliter oder zufälliger Weise, daß mich Lisette zu ihnen kommen hieß.

Haf. (zornig) Nein! das ist zu asinaliter oder zu eselhafter Weise, was sie heute wieder vorbringen. Verzeihen sie mir, es ist ja kein gescheides Wort mit ihnen zu reden. Ich möchte sie gerne in allem zu meinem Vertrauten machen, ich will ihnen meine eigene Tochter zur Frau geben, um nur ihre, und ihres Herrn Papa Freundschaft immer mehr zu befestigen, und wenn ich
mich

mich bey ihnen um etwas Raths erholen; oder sonst mit ihnen gescheid reden will, so schmeissen sie mir ein paar hundert aliter in das Gesicht, und machen mir den Kopf so schwehr, als ob ich Mühlsteine im Gehirne trüge; = Pfui! hören sie doch einmal auf so pedantisch, so abgeschmackt zu seyn; glauben sie denn, daß solche närrisch angenommene Worte sie gut kleiden? es ist ja kein Wunder, wenn ein Frauenzimmer sie nicht liebenswürdig findet, es ist nur Schade um ihr Herkommen, um ihr Geld, und um ihren Character.

Heinz. Ich werde wegen ihnen und ihrer Tochter mich gewiß nicht aliter oder andrer Weise anschicken, als ich actualiter oder würklicher Weise bin, denn mir geht an ihnen und ihrer Tochter, wenn sie mich gleich beyde verschmähen, eben kein Königreich verlohren. Taliter oder solcher Weise denke ich wenigstens. (geht ab.)

Zehnter Auftritt.

Hasenkopf allein.

Wie vielerley Narren giebt es doch auf der Welt! ich kann meine Tochter fast nicht verdenken, daß sie diesen Phantasten nicht lieben will; aber ich trau mir ihn doch noch zurecht zu bringen, und sie muß ihn heyrathen; er hat einen grundreichen Vater, stirbt der, so bekommt er das ganze Vermögen, und noch dazu einen grossen

ſen Character. Ey! eines muß das andere übertragen, man muß nicht ſo haicklich ſeyn. Wie viele hundert Mägden würden ſich an die Stelle meiner Tochter wünſchen. = Doch, man läßt mich ſchon wieder allein. He! Henriette! = es iſt ſo auch hier beym Tage nicht ſicher = vorgeſtern that es einen Fall, als ob das Zimmer einſtürzen wollte. = He! Liſette! = Liſette! = wo Plunder ſind die Leuthe wieder? = Hausmeiſter! = = ſtill. = Mich dünkt gar, ich höre etwas an der Wand klopfen = den Hausherrn hat es im verwichenen Jahre auch auf ſolche Art in die Grube geklopft. mich überfällt ein gewiſſer Schauder = (ſehr ängſtig) im Bethe rührt ſich etwas = Hausmeiſter = Liſette! = kommt mir zu Hülfe. =

Eilfter Auftritt.

Alcantor und der Vorige.

Alcant. Was lärmeſt du ſo, Herr Bruder! was iſt dir geſchehen?

Haſ. Herr Bruder ſey mir willkommen! biſt du noch geſund, hat dich kein Schlagfluß getroffen?

Alcant. Mich hat nichts, dich aber der Paroxiſmus getroffen, und ich komme eben hieher, dir Glück zu wünſchen, daß du endlich ein vollkommener Narr geworden biſt, da du ſchon ſolange die würdigſte Verdienſte zur Raſerey beſeſſen haſt.

Haſ.

Haf. Wie so Bruder, was sind dieß für thörichte Reden?

Alcant. Ey! meine Reden sind vortreflich gescheid; deine Aufführung aber ist täglich närrischer(heute schickest du zu mir, da ich dich gestern frisch und gesund verließ, und lassest mich fragen, ob mich nicht der Schlag berühret, weil die Klage heute Nacht geheulet hätte. Ich habe mich nicht wenig darüber zerlachet, aber wenn es sonst Jemand hörte, was würden die Leuthe von dir sagen? du sollst dich vor deinem eigenen Gesinde schämen; deine eingebildete und ungegründete Furcht, Herr Bruder! wird dich ehistens, wo nicht um das Leben, doch um deinen ganzen Verstand bringen.

Haf. Du bist ein wunderlicher Mann, ich habe dir dadurch nur meine Sorgfalt gegen dich wollen sehen lassen; die Klage hat doch heute Nacht einmal nicht umsonst geheult, denn wo es dich, Herr Bruder! auch nicht angehet, so wirst du hören, daß es entweder deinen Sohn, mich, meine Tochter, oder wen immer sonst aus der Nachbarschaft angegangen ist.

Alcant. Du bist ein Narr in optima forma mit deinen Possereyen; wenn soll sie denn geheulet haben die fürchterliche Klage?

Haf. Heute Nacht von 12. bis 2. Uhr.

Alcant. Und wo hat sie geheult?

Haf. Wo? auf der Gasse unweit von meinem oder deinem Hause.

Alcant. Siehst du, daß du ein Narr bist! ich habe das Geheul heute Nacht so gut gehöret, wie du, was war es aber anderes, als der Hercules, meines Sohnes grosser Hund, der unversehens hinausgesperrt ward, und solange winselte, bis man ihn zur Hausthüre einließ.

Has. Ey! seh doch! deines Herrn Sohnes Hund? - die Klage, die ich gehört hatte, winsete bis Glocke zwey Uhr.

Alcant. Ja ja! ganz recht! eben als es zwey Uhr schlug, ward der Hund in das Haus gelassen. Siehst du Herr Bruder Matthies!

Has. Ja? - beym Henker! ich werde wohl noch einen Hund von der Klage zu entscheiden wissen. - Leider wirst du in Kürze die betrübten Folgen dieser Todtenmusik erfahren; es ist doch ärgerlich, daß mir alle Leuthe widersprechen wollen, und daß sie mir Dinge auszureden suchen, die so richtig sind, als zweymal zwey vier ist.

Alcant. Ich will mich mit dir nicht mehr abgeben, denn wir kämen in unnütze Weitläufigkeiten. - Fürchte du dich meinerwegen zu todte. Wer sich nicht rathen läßt, ist keiner Hülfe würdig. Ich habe dich Anfangs nicht wenig beklaget, dir auch ganze Stunden lang von deiner eingebildeten Furcht vorgeprediget. Da es aber gänzlichen fruchtloß ist, dir deine Phantasey zu benehmen, so fürchte dich, wie du willst; fürchte dich vor deinem eigenen Schatten, vor jedem Hunde, vor jeder Katze. Ich meines Theils fürchte mich nicht vor den Gespenstern, ja ich fürchte einen

einen einzigen Lebendigen weit mehr, als hundert Verstorbene, und wenn ich itzt einen Geist vor mir sähe, so würd ich mich zwar in etwas darüber entsetzen, dabey aber gewiß in keine so immerwährend närrische Furcht, wie du, gerathen; zu geschweigen, daß ich mich zum voraus, ohne einige Ursach, vor Gespenstern, die sich mir zu zeigen gar nicht willens sind, Tag und Nacht rasend fürchten sollte.

Has. Nu Nu! nur Gedult! es wird dich schon fürchten lehrnen, = kömmt nur einmal die Trud über dich, so, wie sie mich fast täglich besuchet, du wirst gewiß anders sprechen.

Alcant. Ueber mich wird sie gewiß nicht kommen, denn ich habe ein heiteres gesundes Geblüt, du aber bist dir dein eigene Trud, dein eigener Vampir, dein Blutsauger. Die Schwehrmüthigkeit, das durch deine närrische Furcht in heftige Wallung gebrachte Geblüt, welches durch seine Schwere im richtigen Umlaufe gehemt wird, das drückt dich, und wird dich, wo du nicht klüger wirst, durch einen Schlagfluß oder sonst eine unfehlbare Krankheit noch zu todte drücken, ohne daß Hunde oder Katzen, oder die Klage um dich heulen werden. = Doch Herr Bruder! alles dieses beyseite gesetzt. Laß uns itzt etwas Gescheides reden. Sag mir ein wenig, wirst du deine Tochter noch dem närrischen Heinzenfeld zum Weibe geben oder nicht? ich meines Theils könnte dir nicht dazu rathen, denn der Kerl ist ein leidiger Narr, es ist nicht einmal ein gescheides Wort

Wort mit ihm zu reden, er muß mehr aliter in seinem Gehirne hegen, als er Haare auf dem Kopfe hat, und was soll deine Tochter mit einem solchen Pedanten?

Has. Du glaubst also, daß ich meine Tochter nicht dem jungen Heinzenfeld, sondern deinem würdigen Sohne geben sollte? nicht wahr?

Alcant. O! beyleibe nicht, ich versichere dich vielmehr, Herr Bruder! daß unsre so alte Freundschaft an dem Tage zugrundgehen würde, wo ich erführe, daß du nur einen Gedanken hättest, deine Tochter mit meinem Sohne zu verbinden, denn du weist, wie sehr ich selbst diese Sache zu verhindern suche, seitdeme ich erfahren habe, daß mein Sohn so heftig in deine Tochter verliebt ist.

Has. O! besorge nichts, ich gebe meine Tochter ohnehin deinem Sohne nicht, aber warum wärest denn du eben so erschröcklich dieser Mariage entgegen?

Alcant. (vor sich.) Ja wenn ich ihm das Wahre entdecken dürfte, (zum Has.) ey! was braucht mein Sohn ein Weib? er ist noch jung, er hat gut warten.

Has. Herr Bruder! ich glaube, das Alter hat leichter warten, als die Jugend.

Alcant. Nu! und wenn er sich doch einmal solang ich lebe, verbinden will, so muß er sich gefallen lassen, die Frau, die ich ihm vorschlagen werde, zu nehmen.

Has. Du hältst deinen Sohn, wie ein Mädgen. Gewiß, er, der ein Soldat, und immer

von

von dir weg ist, wird auf deine väterliche Kupplerey warten. (lacht.)

Alcant. Ich bitte dich Herr Bruder! mache
fort, daß du deine Tochter bald an Jemanden
verheyrathest, denn die ist es allein, in die mein
Sohn so rasend verliebt thut; ausser ihr ist er
wahrhaftig nicht nach dem weiblichen Geschlechte
lüstern, und artet gar nicht dem edlen Soldaten-
stande nach, welcher sonst meistens mit dem Cupido in genauister Blutsverwandschaft steht.

Has. Ich werde meine Tochter nächstens ver-
heyrathen, und soviel ich noch immer willens bin,
mit dem Heinzenfeld; ich warte nur noch auf
ein Einziges.

Alcant. Nu! und was willst du noch abwarten?

Has. Ich warte nur, bis mir meine verstorbene Frau wider bey der Nacht erscheint, und
dieses wird bald geschehen, denn sie besucht mich
gewiß in jeder Woche. Wenn sie mir nun erscheint,
so will ich sie um Rath fragen, ob ich meine
Tochter dem Heinzenfeld geben soll? denn in
solchen Unternehmungen ist der Frauen Rath oft
sehr nothwendig = =

Alcant. (greift in den Sack.) Herr Bruder! hier hast du einen Gulden, lauf geschwind,
und lasse dir auf meine Unköstenzur Ader; denn
dein Paroxismus fängt an auf das höchste zu steigen, vielleicht daß die Abzapfung einiger Pfunde deines närrischen Geblütes dich noch zurechte bringet.

Has. (zornig) Behalte du deinen Gulden,
und lasse du dich dafür schrepfen, damit du zur

Erkänntniß der Wahrheit gelangest; mein Geblüt wird mir leider nur allzuviel nächtlicher Weile von der unmenschlichen Trud benommen. (geht ab.)

Zwölfter Auftritt.
Alcantor allein.

Er ist aufgebracht, und läßt mich allein - doch es sey - er zörnet ohne Ursach; ich meyne Alles, was ich rede - zu seinem Besten; doch wer wird einen wahnwitzigen Furchtsamen zurechte drähen? ich will mich auch dießfals künftig nicht mehr mit ihm einlassen, denn ich liefe Gefahr unsere Freundschaft an die Spitze zu stellen, welche so alt ist, und jederzeit unverletzt blieb. Aber was die Liebe oder vielleicht gar die Heyrath meines Sohnes mit seiner Tochter betrift, das muß ich, es koste auch was es wolle, auf das eifrigste zu verhindern suchen, denn dieß befiehlt mir mein Gewissen, eines Knotens wegen, den ich zu gehöriger Zeit entwickeln werde; - heute früh war mein Sohn abermals vor Tage mit seinem Diener ausgegangen, ohne Zweifel die Henriette zu sprechen, oder sonst etwas in seiner Liebe vorzukehren; der heutige Tag heist mich besonders aufmerksam seyn, weil mein Sohn morgen früh zum Regimente abgeht.

Dreyzehnter Auftritt.

Jaques der Friseur, und Alcantor.

Fris. O! daß ich sie hier antreffe, gnädiger Herr! ist mir so lieb, als es mich freut, wenn mich von den Mädgen, die mich für keinen Friseur halten, keine mit dem Haarpudersack in der Stadt herumlaufen sieht; ich bringe ihnen schon wieder etwas Neues.

Alcant. Nu gut! mein lieber Jaques! nur her damit.

Fris. (gibt dem Alcant. einen Brief.) Hier haben sie einen Brief, den mir der Herr von Valere erst vor kurzen gegeben hat, um ihn der Henriette zu überbringen.

Alcant. So? nu! das ist mir recht lieb, daß dieser Brief in die Hände des Herrn gerathen ist, weil ich mich auf seine Aufrichtigkeit allzeit verlassen kann. Gedult, ich will ihn durchlesen und sodenn den Herrn Jaques gleich belohnen.

Fris. Das darf ich nicht abwarten, denn nachdem ich gehört habe, daß sie hier im Hause sind, und der Herr von Hasenkopf eben in das Zimmer des Fräuleins, welche ich noch nicht ganz gekraußt habe, eingetretten ist, so hab ich mir die Ausrede, nach meinem Flacheisen in der Küche umzusehen, gemacht; und ihnen sogleich den Brief eingehändiget; wollen sie mich also dafür belohnen, so machen sie geschwind, denn ich muß gleich wieder zum Fräulein laufen.

Alcant. Geb der Herr nur ferners auf das Thun meines Sohnes acht, und sobald er etwas weiß, so mach mir der Herr es zu wissen, indessen sind hier für deine Belohnung zwey Ducaten. (gibt dem Friſ. 2. Ducaten.)

Friſ. Ich küſſe euer Gnaden die Hand, ſie haben ſich auf meine Treue zu verlaſſen; ſchaffen ſie mit mir nicht allein in dieſen Geſchäften, ſondern auch wenn ſie ſich etwa einmal wollen ihre Haarwaldung in Ordnung bringen laſſen, doch bitt ich mir ſolches 14. Tåg vorhero zu berichten, denn eine ſolche Peruque wieder herzuſtellen, koſtet mehr Müh, als wenn ein Doctor einen halb Todten wieder geſund machen ſoll. Aber itzt muß ich geſchwind wieder zur Arbeit lauf n. (geht ab.)

Vierzehnter Auftritt.
Alcantor allein.

Das hab ich mir wohl gedacht, daß mein Sohn Henrietten nicht ſo leichter Dingen verlaſſen werde, ohne ſie zu ſprechen, oder ihr vorhero noch einen Liebesbrief zuzuſtellen. Was werd ich wohl wieder zu leſen bekommen. (Erbricht den Brief, und liſt.) „Engliſche Henriette!
„da ich morgen, wie ſie wiſſen, zum Regimente
„reiſen muß, und mir dadurch alle Gelegenheit
„benommen wär, ſie vielleicht Lebenslang jemals
„mehr zu ſehen, ſo befiehlt mir meine wahre
„Zärtlichkeit, ſie heute Nacht zu entführen, ſor-
„gen

„gen sie für Nichts, alle Anstalten hiezu sind
„unvergleichlich und unfehlbar getroffen. Die
„lächerliche Furcht ihres Herrn Papa wird
„in unsrer Flucht das meiste beytragen; es
„fehlt zur ganzen Sache nichts, als ihre Ein-
„willigung, an welcher ich keinesweges zweifle,
„wo sie mich ja so heftig lieben, als sie mich öf-
„ters versichert haben. Fassen sie geschwinden
„Entschluß, und lassen sie mich eilends eine Ant-
„wort wissen, bringen sie alles in Ordnung, was
„zu einer solchen Unternehmung nöthig ist, und
„vertrauen sie sich dießfals an Niemanden, als
„an ihre Lisette, die sie als die Liebste meines
„Dieners mit sich nehmen können. Sobald es
„anfängt Nacht zu werden, werd ich heimlicher
„Weise mit dem Hrn. in ihrem Hause eintreffen;
„indessen verharre in sehnlichster Erwartung ih-
„res Entschlusses, angebettete Henriette! dero
„ewiger getreuer Valere. Hauptmann unter dem
„Generalischen Regimente.„ Nu das lautet gut,
mein Herr Sohn und sein Diener wollen leben-
dige Bagage mit sich auf die Reise nehmen - was
für ein höllischer Einfall! nun ist es höchste Zeit,
diesem Unternehmen Einhalt zu thun, aber ich
will es gewiß zu verhindern wissen, denn käm
es zu Stande, so wär mein Sohn einmal, ich
aber zehnmal sträflich zu nennen. Ja meinem
Hause könnte durch diese Entführung die untilg-
bariste Schande, und meinem Gewissen ein unver-
gebliches Laster zugeführet werden. (geht ab
in sein Haus.)

Zweyer Aufzug.

Erster Auftritt.
Gasse.

Alcantor aus seinem Hause.

Ich habe der Sache reif nachgedacht, und um das Vorhaben meines Sohnes auf das leichteste verhindern zu können, einen Brief geschrieben, als ob ihn mein Sohn an Henrietten verfaßt hätte; dieser Brief ist so eingerichtet, daß Henriette ihn künftig für den treulosesten Menschen der Welt halten, ihm vor seiner Abreise nicht einmal mehr einen Zutritt zu ihr vergönnen, noch viel weniger die Flucht mit ihm zu ergreifen sich entschliessen wird; mir mangelt es nun an nichts, als an einer geschickten Art, dieses Schreiben eilends in die Hände der Henriette zu bringen; die Sache leidet keinen Aufschub, und muß ehe zu Stande kommen, als mein Sohn sie zu sprechen bekömmt, denn sonst ligt der Betrug am Tage - wenn ich nur geschwind den Friseur zu finden wüßte - doch! - wer kömmt aus meinem Hause? - der Hannswurst - gut! - ich will mich verborgen halten, denn ich erfahre nun gewiß etwas Neues.

Zweyter Auftritt.

Hanswurſt und Alcantor beyſeite.

Hw. einen Brief in der Hand haltend) (vor ſich) Das iſt mir und meinem Herrn ganz unbegreiflich, warum der Friſeur mit keiner Antwort auf den Brief zurückkömmt; in einer Stund hat er ſie verſprochen zu bringen, und nun ſind ſchon mehr als drey vorüber, ohne daß wir etwas wiſſen. - Geſezt! er hätt dem Fräulein auch den Brief nicht geben können, oder ſie hätt noch nicht Zeit gehabt, zu antworten, ſollt es der Kerl nicht wenigſtens indeſſen meinem Herrn berichtet haben? - ich weiß nicht, was ich denken ſoll? - mein Herr hat den Friſeur in Verdacht, - aber ich kann mir faſt nicht vorſtellen, daß er die Kühnheit haben ſollte, meinen Herrn zu betrügen - eine jede Minute iſt koſtbar, darum hat mein Herr nicht länger gewartet, ſondern den nämlichen Brief nochmal abgeſchrieben, und izt ſoll ich ſehen, ihn der Henriette zuzubringen - wie dieß angehen wird, weiß ich würklich noch nicht. - Der Hausmeiſter iſt nicht auf unſerer Seite, und will ich zu dem Fräulein, ſo muß ich durch den Hausmeiſter durchgehen, anders iſt es nicht möglich. (ſieht in die Scen.) Aber! o ihr vergötterten Götter! - dort kömmt Liſette auf mich zu! - wenn ich mich nicht irre - aber nein! ich irre mich nicht, ſie iſts - ich kenne ſie aus ihrem verliebten Gange - o! dieß iſt eine erwünſchte Gelegenheit, meinen Brief zu verſorgen.   Drit-

Dritter Auftritt.
Lisette, Hanswurst, Alcantor auf der Seite.

Liset zu Hw. Ja ja! meine Augen haben mich nicht betrogen, es ist der Herr Fourierschütz.

Hw. Ja! Sie angenehmes Magazin meiner verliebten Herzensseufzer, auch meine vier Augen haben mich nicht betrogen, sie zu sehen.

Lis. Was? haben sie vier Augen?

Hw. Ja! mein Schatz! zwey im Kopfe und zwey im Herzen.

Lis. Zu was brauchen sie denn so viele Augen?

Hw. O! ich hab hieran noch zu wenig, ein Liebhaber, besonders bey dieser Zeit, soll wie ein Würfel, auf allen Seiten Augen haben, und da hätt er noch zu thun, ein Frauenzimmer gänzlich auszunehmen. = Aber wir wollen alle verliebten Höflichkeiten beyseite setzen, = du kömmst mir itzt so erwünscht meine liebe Lisette, als der Todtfall eines alten reichen Weibes einem jungen Manne; mein Herr ist voll Verzweiflung, er weiß nicht, was er aus der ganzen Sache schliessen soll, er hat dem Friseur deines Fräuleins schon heut früh einen Brief gegeben, den er ihr eilends hätte behändigen sollen, er hat sich aber noch nicht bey uns sehen lassen; wir wissen folgsam nicht, ob ihn das Fräulein bekommen, ob sie noch nicht Zeit zu antworten gehabt, oder ob der Friseur
gar

Ein Lustspiel.

gar zum Schelme geworden, und mit dem Brief etwas anders angefangen habe.

Lis. Daß weiß ich auch nicht, wie sich die Sache verhält; so viel aber ist gewiß, daß mein Fräulein weder durch den Friseur, noch durch sonst Jemanden von deinem Herrn heute einen Brief bekommen habe; der Friseur ist schon lange von uns weg, und ich weiß es gewiß, daß er ihr nichts behändiget hat, ich war stets um sie, bis auf die wenigen Minuten, binnen welcher ich im Seidengewölbe war, und du darfst es sicher glauben, daß ich auch etwas davon wissen müste, wenn mein Fräulein einen Brief erhalten hätte, denn vor mir wird sie es gewiß nicht geheim halten, ich wollt ihr es nicht rathen.

Hw. Was denn, in Liebsgeschäften gar, denn da sind Fräulein und Kammermädgen gar oft Schwestern zusammen.

Lis. Dem sey, wie ihm wolle, so steckt ein Betrug dahinten.

Hw. Das glaub ich selbst; um also das Sichere zu spielen, hat mein Herr den nämlichen Brief nochmal abgeschrieben; (zeigt ihr den Brief) den kannst du nun selbst der Henriette geben, und ihr dabey melden, daß sie so eilends, als es möglich ist, meinem Herrn eine Antwort darauf schriftlich oder mündlich geben soll, denn es ist die größte Nothwendigkeit darinn enthalten.

Lis. O Ho! was wird denn auch für eine entsetzliche Wichtigkeit darinn vorkommen.

Hw.

Hw. Du wirst alles hören. Genug; es ist das ganze Centrum von meines Herrn und meiner Liebe im Brief darinn.

Lis. Nun so geb ihn her, das Fräulein soll ihn gleich zu lesen kriegen.

Hw. will der Lis. den Brief geben; (Alcantor schleicht sich hervor, hält der Lis. seinen Brief vor, und nimmt mit der andern Hand des Hw. seinen weg, und schleicht in das Haus ab.)

Hw. (in der Meynung, daß Lis. seinen Brief habe.) Ich bitt recht sehr, mach, daß wir bald eine Antwort bekommen. Lis. (in der Meinung, daß sie den rechten Brief habe.) Ich werd dir gleich sagen, wie geschwind, und was für eine Antwort darauf folgen kann. (will den Brief öfnen.) Hw. (verwehrt der Lis. den Brief aufzumachen.) Du! vergreif dich an meines Herrn Briefe nicht! wer hat dir Erlaubniß gegeben, die Brief, die an dein Fräulein gehören, aufzubrechen?

Lis. Sie selbst. Denn da es selten thunlich ist, ihr einen Brief zuzubringen, so hat sie mir Befehl gegeben, alle Briefe, die an sie kommen, bey mir aufzubehalten, zu erbrechen, durchzulesen, und ihr nur den Innhalt davon zu sagen, weil der alte Herr ihr oft die Säcke durchgesucht, und Briefe darinn gefunden hat.

Hw. Nu! wenn es so ist, so lis.

Lis. Wenn es eine Sache ist, die gleich kann beantwortet werden, so kannst du hier vor dem Hause noch auf die Antwort warten.   Hw.

Ein Lustspiel.

Hw. Lis nur, du wirst dich wundern, und wirst samt deinem Fräulein zugleich eine grosse Freude haben.

Lis. Das will ich gleich sehen. (reißt den Brief auf, und list:) „ Mannsüchtige „Henriette! „ = (zu Hw.) was Teufel ist dieß für ein Ehrentitel?

Hw. Das versteh ich auch nicht, das wird vielleicht eine verliebte sächsische Redensart seyn.

Lis. schüttelt den Kopf, und list weiter:) „ Mannsüchtige Henriette! wie habt ihr „ jemals so närrisch seyn können, zu glauben, „ daß ich mich in Ernste in euer Fratzengesicht „ verlieben würde. „ (zu Hw.) Nu! was ist dieß? das lautet nicht übel. =

Hw. (vor sich.) Das begreif ich nicht.(zu Lis.) Liß nur weiter, es muß schon besser kommen.

Lis. (list weiter:) „ Ihr Närrin! ein „ anderes ist Scherzen, ein anderes wahrhaft lie= „ ben; das Letztere zu glauben, hättet ihr euch wohl „ nie sollen träumen lassen, wenn ihr anders je= „ mals den Unterscheid zwischen euren und mei= „ nen Verdiensten einsehen wollen, ich finde mich „ gezwungen, euch also zu schreiben, damit ihr „ aus eurem dummen Irrthume kommet ; ich „ gehe morgen zum Regimente, und ihr könnt „ zum Teufel gehen. „ • (zu Hw.) Ist dieß „ noch sächsisch?

Hw. zu Lis. Nein! das ist grob deutsch! (vor sich) das ist mir unbegreiflich, ist mein Herr ein Narr geworden?   Lis.

Lis. (list weiters:) „Läßt euch vor mei„nen Augen ja nicht sehen, machet mir auch kei„ne schriftliche Vorwürffe, denn ich will weder „etwas von euch, noch von euren abgeschmack„ten Zeilen wissen. Hauptmann Valere! „ ·
(zu Hw.) unvergleichlich! ist dein Herr ein solch niederträchtiger Mensch? = und du überbringest solche Briefe.

Hw. Lisette! hab ich ein Wort gewußt von dem, was im Briefe steht, so soll der Teufel mich, meinen Herrn, und unser ganzes Regiment hohlen; du siehst, ich bin unschuldig, von mir ist nichts im Brief enthalten.

Lis. Gedult! es ist noch eine Nachschrift hier.

Hw. Nu! da wird es darinn stehen, daß ich nichts davon weiß; es muß sich zeigen.

Lis. (list:) „Mein Diener der Hw. läßt „der Lisette gleichfals melden, sie soll sich auf „einen Fourierschützen, wie er ist, keine Rech„nung machen, sondern geschwind, eh sie gar „rostig zu werden anfängt, sich um einen Trager „oder Baßzieher umsehen. „ · ·

Hw. (zornig) Nein! · das ist eine Lug, das hab ich Lebenslang nicht gesagt! ·

Lis. So! du verdammter Kerl! so bist du beschaffen? ·

Hw. (voller Verwirrung) Lisette! ich bitte dich um alles in der Welt, die ganze Sache ist falsch.

Lis. Du willst es noch läugnen? du Schlingel! · wer hat diesen Brief geschrieben?

Hw.

Hw. Mein vermaledeyter Herr!

Lis. Und wer hat ihn mir gegeben?

Hw. Ich bin der Esel gewest! aber ich hab kein Wort gewußt was darinn.

Lis. Schweig! ich will kein Wort mehr hören, du bist der schlechtiste Mensch auf Erden.

Hw. Aber, so erweg nur selbst, wie soll denn ich schreiben, daß du würdest anfangen rostig zu werden?

Lis. Genug! mein Aug betrügt mich nicht, ich bin endlich auf das Wahre gekommen.

Hw. Ich hab noch nicht geweint, weil ich beym Regimente bin, (fängt an zu weinen), aber, Lisette! ich bitte dich, hör mich nur an, und laß dir sagen:

Lis. Geh mir aus den Augen! du und dein Herr, ihr seydt ein gleiches paar Schlingel, ein paar schlechte Kerls! - itzt geh ich gleich, und laß meinem Fräulein den verfluchten Brief lesen. Dir aber, schlechter Mensch! will ich versprochener massen eine Antwort, und zugleich den Abschied hiemit geben. (giebt dem Hw. eine Maulschelle, und geht zornig in das Haus ab.)

Vierter Auftritt.

Hanswurst allein. (höchst erzürnt.)

Fourrierschützen saframent! - mir! unschuldiger Weise eine Maulschelle zu geben? - die Maulschelle soll auf meinem Gesichte nicht sitzen bleiben! die muß herab.(er nimmt ein Schnupftuch aus dem Schubsacke, legt es auf die Erde, kniet nieder, und wischt eine Weile, als ob er die Ohrfeigen von dem Gesichte in das Tuch wischen wollte). itzt wird sie vom Gesichte weg seyn. (er nimmt das Schnupftuch an vier Ecken, als ob er etwas darinn Verborgenes tragen wollte, und steht auf.) Die Ohrfeige trag ich geraden Weegs meinem Herrn nach Hause, er ist ohnehin falsch mit mir umgegangen, und ich hab seinerwegen die Maulschelle unschuldiger Weise bekommen, folgsam gehört sie ihme zu, und nicht mir. (will in seines Herrn Haus gehen.)

Fünfter Auftritt.

Valere aus dem Hause, und Hw.

Val. zu Hw. Wo willst du hin?

Hw. (zornig) Zu ihnen in das Haus hab ich gehen wollen.

Val. Ist der Brief übergeben? - wo ist die Antwort? -

Hw. Den Brief habe ich der Lisette selbst gegeben, und die Antwort ist hier im Schnupftuche.

Val. Du Narr! was soll die Antwort im Schnupftuche?

Hw. Sie wär mir sonst zu schwehr geworden.

Val. Laß sehen! (reißt dem Hw. das Tuch weg, hält es mit einer Hand, und sieht

Ein Lustspiel.

ſiehet hinein) = wo iſt ſie denn? Ich ſeh ja nichts.

Hw. Eben fliegt ſie heraus. (ſtoßt dem Valere das Tuch in das Geſicht.)

Val. (zieht den Degen) Was? du verfluchter Hund, das ſoll dich dein Leben koſten.=

Hw. Zwey Leben oder nichts! meinerwegen maſſen mich Euer Gnaden nun ſchinden, oder machen ſie mit mir, was ſie wollen ==

Val. Ich will meine Hände nicht ſelbſt mit deinem ſchlechten Blute beflecken, aber es ſoll dich dieſe Vermeſſenheit doch um dein Leben bringen! verdammte Beſtie! was hat dich verleitet, mir, deinem Herrn, alſo zu begegnen?

Hw. Ihr Brief! = wenn ſie wollen Henrietten ſitzen laſſen, was haben ſie ohne meinen Wiſſen von mir der Liſette ſo ſchlecht zu ſchreiben! iſt dieß erlaubt?

Val. Kerl! du raſeſt! oder biſt du beſeſſen? = wer will Henrietten untreu werden? wer hat der Liſette von dir ſchlecht geſchrieben?

Hw. Sie! es iſt nur eine Schand davon zu reden.

Val. Erklähre dich deutlicher, oder ich durchbohre dich.

Hw. Haben ſie mir nicht den Brief an Henrietten gegeben?

Val. Freylich hab ich ihn dir gegeben.

Hw. Warum haben ſie mir denn nicht vorhero geſagt, daß nichts als Läſterungen darinn enthalten ſind, und daß ſie dem Fräulein den Ab=

ſchied

schied geben wollen? und was haben sie in meinem Namen der Lisette zu schreiben gehabt, daß sie der Noßt angreiffen werde, und daß sie soll einen Trager heyrathen.

Val. Soll ich lachen, oder mich zu todte ärgern?=in meinem Briefe wär etwas dergleichen gestanden?=Kerl! du hast deine ganze Vernunft verlohren.

Zw. Sie, gnädiger Herr! haben sie verlohren! ich weiß gar wohl, was ich thue, ich weiß gar gut, daß ich mich vergangen habe, ihnen das Tuch in das Gesicht zu stossen; aber es ist ihnen recht geschehen, denn dieß war die Antwort, die mir die Lisette auf den schönen Brief, den sie durch mich geschickt haben, gegeben hat.

Val. Mich soll das Wetter erschlagen=mich sollen neun und neunzig Teufel hohlen=wenn ich=

Zw. O! das flucht die Gewohnheit aus ihnen. Genug, in ihrem Briefe sind nichts als alle Niederträchtigkeiten von ihnen an das Fräulein, und von mir an Lisetten geschrieben gewesen, mehr kann ich ihnen nicht sagen; die Lisette hat den Brief erbrochen, gelesen, mir mit fünf Fingern eine Antwort geschrieben, und ist eben geraden Wegs zu Henrietten geloffen, um ihr das hochlöbliche Schreiben lesen zu lassen.

Val. Hier geht Betrug vor! ich eile Henrietten zu sprechen=List oder Gewalt müssen mir dazu verhülflich seyn. Du wirst mir folgen, wenn dir dein Leben lieb ist. Ich bin getäuscht!=die

Sache muß sich in Kürze entwickeln! = entweder hat mich sonst Jemand hintergangen, oder du, oder Lisette, Eines von Beyden hat mich betrogen. (geht eilends ab.)

Hw. (vor sich) Entweder sind wir Beyde, Lisette und ich, Narren, oder mein Herr ist es allein, aber ich denke, das Letzte wird das gewisseste seyn. (geht ab.)

Sechster Auftritt.

Zimmer des Hasenkopfs mit Bethe.
Hasenkopf im Schlafrocke, Henriette, Lisette, und der Hausmeister, welcher einen Topf, worinn Salz ist, zween Pantufeln, ein Stück Holz, und zween Besen trägt.

Hasenkopf zum Hausmeister.

Nur alles hieher, Hausmeister! das müßte doch viel seyn, wenn ich mir heute Nacht nicht wenigstens vor der Trud Ruhe verschaffen sollte, entweder soll sie gar nicht herein konnen, oder wenn sie ja kömmt, so soll sie gewiß bis am Tage in dem Zimmer aufgehalten seyn, wo ich sie sodenn erkennen werde. = Ich argwohne nicht gerne, aber was soll es gelten, die Trud, die zu mir kömmt, ist das alte Weib, die öfters am Tage bey meiner Hausthüre bettelt; sie hat so etwas trudenmäßiges im Gesichte, und jüngst, als ich sie vom Fenster früh auf der Gasse stehen sah, schien es mir, als ob ihre Lippen noch blutig gewesen wären. = Also hört mich, Hausmeister,

Hausm.

Hausm. Wie Gnädiger Herr?

Haf. Hört mich! das im Geschirre befindliche Salz stellet zum Betthe! habt ihr mich verstanden?

Hausm. Euer Gnaden wollen gewiß einen kälbernen Schlegel einsalzen?

Haf. O! ihr seydt schon wieder ein tauber Esel.

Hausm. Ja! wenn euer Gnaden erlauben.

Haf. Nimmt dem Hausmeister alles, was er trägt, weg.) Gebt her, die Pantufeln umgekehrt zum Bethe gestellt, ist eine Hauptbewahrung für die Trud; so hat mir heute unser altes Milchweib sagen lassen, und wahrhaftig, die Leuthe vom Lande verstehen dergleichen Spaß. (stellt die Pantufeln verkehrt unter das Beth.) das Salz muß heute Nacht, wenn ich schon im Bethe liege, hin und wieder ausgestreut werden. (stellt den Topf mit dem Salz zum Bethe.) wenigstens vergiß du es nicht Henriette, oder du Lisette! denn heute Nacht müßt ihr alle bey mir bleiben, heute ist die dritte Nacht wieder, und die ist immer gar erschröcklich für mich.

Hen. (vor sich) Was für Wahnwitz! was für Raserey!

Lis. (heimlich zu Henr.) Lassen sie es gut seyn, wenn er nur bald aus dem Zimmer geht, daß wir von unseren Liebesgeschäften reden können.

Haf. Das Holz muß mitten in das Zimmer gelegt, und um selbes ein großer Creyß mit einer

Kohle

Kohle gemacht werden. (legt das Holz unter
das Beth.) Alsdenn hört mich wohl, Hausmeister! sobald ihr mich etwa heut Nacht solltet
winseln oder sonst schwer athmen hören, so
nehmet alsogleich diese zween Besen, und leget
sie Kreuzweis innerhalb der Thüre, so kann die
Trud nicht hinaus, und wir können sie sodenn
bay m Tage handfest machen lassen. (legt auch
die Besen zum Bethe.)

Hausm. Ja! euer Gnaden! es ist eine har-
te Sache um die Trud, jüngst hätt sie mir auch
beynahe das Herz bey der Nacht abgestossen, und
ich hab ohnehin nicht schlaffen können, denn ich
habe Abends zuvor hundert und breyßig Schnecken
gegessen, und da hab ich geglaubt, es ist aus.

Henr. zu Lis. Der Kerl spricht fein, so
dumm er sonst ist.

Has. Du Esel, da hat es dich freylich drucken
müssen, aber im Magen, und nicht auf der ganzen Brust und am Halse, wie mich die Trud
würgt. (zu Liset. die heftig lacht) Nu! -
was lacht denn die Närrin? ich will ja nicht hoffen, daß du mich etwa auslachest? =

Lis. Ey bewahre mich der Himmel! ich lache nur
von ungefehr.

Has. Ja! wie alle Narren, ohne Ursach, nicht wahr?

Hausm. Nein nein! ohne Spaß, da brauchts
keine Gallerie, da brauchts kein Lachen! in un-
serm Hause ist einmal nicht sicher, ich habe
schon verschiedene Sachen gehört, und im dritten
Stocke im gefüllten Eyrzimmer ‥

D 4   Has.

Haf. Esel! warum nicht gar Eyrschmalz-Zimmer? Billardzimmer heist es, und nicht gefüllte Eyrzimmer! - nu! und was macht es denn dort?

Hausm. Wie? was sagen Euer Gnaden?

Haf. Ich sage, was denn geschieht im Billardzimmer?

Hausm. Dort? - nu! dort geth's beym lichten Tage um, es wirft die Stoßkolben, die Hobeln und die Kugeln durcheinander, daß es alles kracht und saußt.

Haf. Nu ja! da haben wirs! und mir will man es doch verdenken, wenn ich sage, daß es umgeht; aber es wird sich alles geben, weil ich nur einmal ein Mittel für die Trud gefunden habe, vielleicht entdeck ich auch noch eines für die Geister. Wenn ich nur heute eine ruhige Nacht hätte, denn morgen muß ich das wichtige Werk vornehmen, und zwar Henriette deine Vermählung mit dem Heinzenfeld.

Henr. (vor sich) Ich Unglückselige! Valere, den ich über alles liebte, ist treulos geworden, und nun soll ich meine Hand demjenigen reichen, der mir auf das bitterste verhaßt ist, Lisette! dieser doppelte Sturm wird mein Leben scheitern machen.

Lif. (heimlich zu Henr.) Ey ja wohl! lassen sie ihre Lisette für alles sorgen, aus dieser Mariage wird nichts.

Haf. Was murmelt denn ihr zusammen, gibt es etwa wider die Verbindung etwas einzuwenden?

Henr.

Henr. Nein! Herr Papa! sie wissen, daß die Vollziehung ihrer Befehle meine Pflicht ist.

Haf. Nicht allein die Pflicht, sondern die Liebe selbst muß dich zur Verbindung mit einem so reichen, ansehnlichen und karakterisirten Liebhaber leiten – da kömmt er eben, als ob er gerufen wär.

Henr. (vor sich) Dieses hat noch gefehlt, mein ohnehin gequältes Herz neuer Dingen zu martern.

Siebender Auftritt.
Hr. von Heinzenfeld, und die Vorigen.

Haf. zu Heinz. Herr von Heinzenfeld seyen sie mir tausendmal willkommen! sie sind doch nicht mehr böse auf mich, daß ich vor kurzen einen kleinen Wortwechsel mit ihnen gehabt habe? Sie lieben doch noch meine Tochter? mein bester junger Herr!

Heinz. Unser Wortstreit hat nicht viel zu bedeuten gehabt, ich liebe Henrietten immer, pluraliter oder mehrfacher Weise, ja ich hab erst selbst den Entwurf eines Heyrathscontractes litteraliter oder buchstäblicher Weise verfaßet, und wenn es ihnen beliebt, so wollen wir solchen in meinem Zimmer lateraliter oder Seitenweise mitsammen durchgehen, damit sie sehen können, ob er formaliter oder förmlicher Weise aufgezetzet ist, und

ob

ob sie capitaliter oder hauptsächlicher Weise nichts dagegen einzuwenden haben.

Haf. Gleich will ich sie, mein Herr von Heinzenfeld! in ihr Zimmer begleiten, da wollen wir die Heyrathspuncten ein wenig durchgehen.

Heinz. zu Henr. (der er die Hand küst)
Mein Engel! mein künftiger Ehestandsschmuck, wie glücklich werd ich doch seyn, wenn ich sie triumphaliter oder sieghafter Weise als meine Gemahlin werde mit mir führen därfen, sie sollen an mir einen Gatten bekommen, der sie nicht gemein lieben, sondern regaliter oder königlicher Weise verehren wird, und kurz unsere Liebe werden wir quartaliter oder vierteljähriger Weise erneuern, semestraliter oder halbjähriger Weise verstärken, und annaliter oder jährlicher Weise auf das unzertrennbariste befestigen.

Henr. (kaltsinnig zu Heinz.) Ja ja! es ist schon gut, es wird sich alles fügen.

Haf. (vor sich) Ich lese es ihr aus den Augen, daß er ihr zuwider ist, aber es wird sich schon endlich geben. Kommen sie Herr von Heinzenfeld, wir wollen, wenn es ihnen beliebt, die Heyrathspuncten durchgehen, und sie sodenn einem Rechtsfreunde zuschicken.

Heinz. Da handeln sie prudentialiter oder kluger Weise. (geht ab.)

Haf. (im Abgehen zu Henr. und Lis.)
Bleibt mir keine allein im Zimmer, daß euch kein Gespenst etwas zu leide thut.

Ein Lustspiel, 59

Achter Auftritt.

Henriette, Lisette und der Hausmeister.

Liset. Dem Himmel sey Dank, daß wir endlich allein sind; (zum Hausm.) was steht denn ihr noch hier? ihr könnt itzt schon eurer Wege gehn.

Hausm. Wie? was hat die Jungfer gesagt?

Lis. Ihr sollt von hier gehen, sag ich.

Hausm. Ich muß ja auf die Trud warten.

Henr. zum Hausm. Geht nur! itzt seyd ihr hier nicht nothwendig.

Hausm. Meinerwegen! wenn aber die Trud über sie kömmt, und erwürgt sie, so will ich nachdem nichts wissen. (geht ab.)

Henr. Nun, meine liebe Lisette! kann ich meinen Thränen ungehemmten Lauf gestatten; doch was soll ich zuerst beweinen? die Untreue des Valers, oder die bevorstehende Vermählung mit dem verabscheuungswürdigen Phantasten? das erste bringt mich zwar um das, was ich auf der Welt am meisten geliebet habe, belehrt mich aber zugleich, daß ich diese meine zärtliche Liebe an dem treulosisten Menschen verschwendet habe; das zweyte hingegen stellt mir das unvermeidliche Unglück einer mir höchst verhaßten Verheyrathung vor Augen, bey der mich nichts, als ein geschwinder Todt glücklich machen kann. = So sehr ich den Zwang beweinen muß, mit dem mich mein Vatter

ter bey dieser Verbindung beleget, so fliessen dennoch diese Thränen, diese bittere Thränen, treuloser Valere! mehr deiner, als meines eignen Unglückes wegen.

Liset. Denken sie nicht mehr an das Ungeheuer. Es ist ihrer schönen Erinnerung gänzlich unwürdig. Hier lesen sie den Brief, sie werden noch ganz andere Proben seiner Niederträchtigkeit darinnen finden, als ich ihnen nur in höchster Eil habe melden können. (will ihr den Brief geben.) Lesen sie dieses höllische Blat, lesen sie es, und verabscheuen sie alsdenn mit mir Lebenslang das falsche, das betrügerische männliche Geschlecht.

Henr. Ich will es nicht lesen, mein Schmerz würde bey Erblickung jener Handschrift, die für mich sonst tausend zärtliche Worte, und nichts als Versicherungen ewiger Treu in sich hielt, mich ausser mich setzen; ist es möglich, daß Valere, jener Valere, den ich über alles liebte, und der mir immer die stärkiste Proben wahrer Treue gab, mich so jäh, so leichtsinnig hat hintergehen können? - was für ein Zauberherz muß ihn mir entzogen haben? - morgen wird er zum Regimente reisen, und mich verlassen, - mich treuloß verlassen! - -

Lis. Ist es möglich, daß die hanswurstische Bestie mich armes Mädel, die ich ihn fast rasend geliebt, und mich seinetwegen bey der Stadt in den Ruf gegeben habe, so schändlich betrügen könne? - o du falsches Mannsthier! ich fühle eine so aufferordentliche Rache wider das ganze männliche Geschlecht, daß ich vor Zorn alle Mannsbilder zugleich zerbeissen und fressen möchte.

Neunter Auftritt.
Hanswurst, Henriette, Lisette.

Hw. zu Lis. Geb acht! es möcht dir einer im Halse stecken bleiben. Freß du einen Lebzelten statt der Mannsbilder! hast du mich verstanden?

Henr. (zornig zu Hw.) Was unterstehst du dich, hier hereinzutretten?

Hw. Das ist meine Schuldigkeit. Mein gnädiger Herr hat mir befohlen zu sehen, ob sie allein sind, und er wird gleich selbst aufwarten.

Henr. Er soll mir nicht vor die Augen kommen!

Hw. Er muß mit ihnen reden des Verstosses wegen, der mit dem Briefe geschehen ist.

Henr. Er soll sich nicht unterfangen.

Hw. Er unterfängt sich gleichwol! - weil sie nur alleine sind, er wird gleich hier seyn. (lauft ab.)

Zehnter Auftritt.
Henriette und Lisette.

Henr. Was soll ich denken? er will kommen der Ungetreue! soll ich ihn sprechen? - mein Herz empfindet geheimen Trost! - vielleicht, daß er dennoch unschuldig ist? und das durch einen Verstoß. ‥

Lis. Seyen sie doch nicht so leichtgläubig. Was für ein Verstoß? ‐ der Hannswurst ist sein Diener, und der hat den Brief gebracht, und was wollen sie mehr?

Eilfter Auftritt.
Valere, Henriette und Lisette.

Val. Wuth und Verdacht haben mich verleitet, es gehe auch, wie es wolle, schönste Henriette! sie zu sprechen. Man hat mich hintergangen, man hat in meinem Namen einen Schmähbrief an sie geschrieben, an sie, die ich über alles in der Welt schätze. Ich komme, mich bey ihnen zu rechtfertigen, ja ich komme selbst, von ihnen wider das Ungeheur Rache zu fordern, das uns diesen schädlichen Streich gespielet hat. ‐ Ich bin ausser mich gesetzt, ja ich würde verzweifeln, wenn ich nicht hofte, daß Henriette! die so kluge als schöne Henriette! meine beständige Treu in Erwegung ziehen, und dardurch meine Unschuld erkennen werde.

Henr. (zornig) Gehn sie mir aus den Augen! sie sind ein ‥ (vor sich) ich weiß nicht, was ich sagen, was ich denken soll.

Lis. zu Val. Was braucht es denn viel Wesens? sie haben den Brief geschrieben, und ihr Diener hat ihn mir behändiget.

Val.

Val. Sie kennen meine Handschrift Henriette! gestehen sie, hab ich das verfluchte Blat geschrieben?

Henr. Ich hab mich nicht gewürdiget, diesen Lästerbrief anzusehen, Lisette hat ihn gelesen, und mir den schönen Innhalt erzählet.

Val. zu Lis. Wo hast du den verdammten Brief? laß ihn mir sehen.

Lis. (gibt dem Val. den Brief) Hier ist er. (sieht den Brief an) O! es ist gewiß ihre Handschrift. Etwas verstellt scheint sie mir zwar, allein, wer Lästerungen schreiben will, kann auch die Schrift ändern.

Val. (reißt der Lis. den Brief aus der Hand) Gieb her! (list heimlich) - verdammtes Blat! - was für Schmähworte! - das hat der Teufel geschrieben! - doch nein! es ist die Handschrift meines Vaters, ich kenne sie allzuwohl. Meine Wuth hat sie mir anfänglich unkennbar gemacht! - ich bin betrogen! - von meinem eigenen Vater betrogen! - Hanswurst gab ihn dir? Lisette!

Hw. Ja der Hanswurst, und keine andere Seele.

Val. Hanswurst muß ein Verräther seyn! er muß es geheim mit meinem Vater halten, allein dieser Streich soll dem Kerl das Leben kosten.

Lis. Wenn der Brief von ihrem gnädigen Herrn Papa geschrieben worden, so ist Hw. gewiß unschuldig; denn als ich ihm die Zeilen, die mich betraffen, vorlaß, erschrack er nicht wenig, hielt Euer Gnaden selbst für treuloß, und schwure

hoch

hoch und theuer, daß er von der ganzen Sache keine Wissenschaft hätte.

Val. Wie soll aber der Brief in seine Hände gerathen seyn? das ist mir ein Räthsel; ich muß wenigstens durch Drohungen dieses dem Hrn. herauszulocken suchen! = schönste Henriette! (hält den Brief der Henr. vor) sie sehen, daß es meine Handschrift nicht ist. = Ich bin unschuldig! = ich habe sie zärtlich geliebt, = ich liebe sie immermehr, = ich werde sie ewig lieben. (küst Henr. die Hand.)

Henr. Es wird sich die Sache schon mit der Zeit entwickeln, ich will von ihrer Treue das Beste glauben.

Val. Nein; Henriette! die Sache leidet keinen Aufschub, ich gehe morgen zum Regimente, und ich will an ihnen nicht treuloß handeln, sondern, wo sie mich ja so aufrichtig lieben, als sie mir öfters zugeschworen haben, so soll der morgige Tag der Tag unserer unzertrennbaren Verbindung seyn, und weil unsere beyden Väter diesem Ehebande höchst entgegen sind, so ist kein ander Mittel übrig, als daß sie heute Nacht mit mir die Flucht ergreiffen, und dieses war auch der Inhalt des Briefes, den ich schon heute früh ihnen zu überbringen dem Friseur gegeben, den ich noch einmal zur Vorsorge abgeschrieben, und ihnen durch den Hrn. überschicken wollen.

Henr. Hierüber kan ich ihnen so eilends keinen richtigen Entschluß ertheilen; denn so wichtige Sachen fordern viele Ueberlegung.

Val.

Val. Einzig die wahre Liebe, und daß kein anderer Weeg zu Vollziehung unsrer Verbindung übrig ist, wird alle Schwierigkeiten heben.

Henr. Hier ist der Ort nicht, wo ich mit ihnen dießfals alles unterreden kann, mein Vater, der eben in dem Zimmer des jungen Heinzenfeld sich befindet, um den Heyrathsbrief aufzusetzen, durch den er mich morgen mit selbem verbinden will, wird vielleicht in Kürze hier eintreffen, allein folgen sie mir in der Lisette Zimmer, dort will ich ihre Gesinnungen, und die Möglichkeit zu Unternehmung unsrer Flucht anhören und überlegen, sodenn ihnen meinen Entschluß hierüber ertheilen.

Val. Englische Henriette! ich folge ihnen, wohin sie wollen, und ich hoffe gar nicht, daß sie nach Vernehmung meines Vortrages mit mir zu reisen sich weigern werden. (*Val.* und *Hen.* gehen ab.)

Lis. Was soll es denn auch gesagt seyn. Wenn ich Einen wahrhaft liebe, so geh ich mit ihm in Syberien, und noch weiter. (geht ab.)

Zwölfter Auftritt.

Hanswurst allein.

Ich weiß nicht, hat mein Herr die Henriette schon entführt, oder hat er sich mit ihr noch nicht ausgesohnt. Ich kann im ganzen Hause keinen Menschen finden. – Erst bin ich bey der Thüre vorbeygegangen, wo der junge Heinzenfeld,

feld, und der Alte im Zimmer beysammen sitzen, und hab eine Weil das Ohr in das Schlüsselloch hineingesteckt, um zu hören, was sie mitsammen sprechen, so sind gleich ein Paar hundert Aliter vom Heinzenfeld gegen mich herausgefahren, so, daß ich einen ganzen Aliterfluß an meinem rechten Ohr bekommen habe. Wenn ich nur wüste, was es für ein Bewandtniß mit dem Briefe hat, oder wenn ich nur wenigstens mit Lisette reden könnte. - Aber potztausend! dort kömmt meines Herrn sein Papa mit dem Friseur. Itzt möcht es vielleicht eine Gelegenheit geben, etwas Neues zu hören, aber die Retriade wird nothwendig seyn. (stellt sich hinter das Beth, und sieht hervor.)

Dreyzehnter Auftritt.
Alcantor, der Friseur und Hanswurst.
beyseite.

Alcantor. Das ist mir wohl sehr lieb, daß ich den Herrn beym Hausmeister angetroffen habe, ich beschwöre ihn, so sehr er mich, und noch mehr so sehr er mein Geld schätzet, bis morgen früh dieses Haus nicht zu verlassen, sondern auf alles genaue Acht zu haben, und im Falle der Noth mir an der Hand zu seyn. Heute Nacht will mein Sohn Henrietten entführen, und ob ich zwar nicht glaube, daß solches zu Stande kommen werde, massen der Herr nicht allein den Brief, den er meinem Sohne zu Henrietten hätte
tra-

tragen sollen, mir gegeben hat, sondern auch ich dem Hrn. statt des Briefes seines Herrn einen andern, und zwar einen falschen Schmähbrief durch Vortheil eingehändiget habe, so könnt es dennoch geschehen, daß die Sache für mich widrig ausfiele.

Fris. Euer Gnaden können sich vollkommen auf mich verlassen, ich werde die Sache mit dem Hausmeister abreden, daß ich heute Nacht mich bey ihm verborgen halten kann.

Alcant. Gut! es ist nur um die heutige Nacht zu thun, ich verlasse mich auf den Herrn gegen eine reichliche Belohnung, die ich ihm geben werde, ich gehe indessen zu dem alten Hasenkopf, und wenn die Nacht hereinbricht, so tref ich beym Hausmeister ein. (geht ab.)

Vierzehnter Auftritt.
Der Friseur, und Hansw. beyseite.

Hw. (vor sich.) Itzt möcht ich wissen, wer ärger ist, der Alte oder der Friseur? das sind Historien.

Fris. (vor sich.) So geht es schon gut. Auf beyden Seiten Geld, so kann es mir nicht fehlen. Wenn ich mit Herrn von Valere zu sprechen komme, will ich ihm schon etwas vormachen, daß er mir abermals einen Brief oder sonst eine Verrichtung anvertrauet, damit des Herrn Jaques sein Beutel doppelt gespicket wird. (Er hält den Hut unter dem Arm offen.

Hw. (vor sich.) Das ist ein Lumpenhund! aber Gedult, ich will dich bezahlen, daß es der Müh werth seyn soll. (schleicht sich hinter den Friseur und hält seinen Hut, ober des Friseurs seinen.)

Fris. (nimmt zwey Ducaten aus dem Sack.) Drey Ducaten hab ich von dem Herrn von Valere, und zwey von seinem Papa bekommen: das sind zusammen fünf Ducaten. Da dieß ein leichtverdientes Geld ist, so will ich es auch wieder leicht anbringen. – Hier sind zwey Ducaten, die gehören auf künftigen Sonntag Nachmittag, da führ ich die Kammerjungfer von der Gräfin Papiermangé zum Fasan auf den Saal. (Er rechnet.) Hühnel = Wein = Musick = Wagen = wird nicht viel übrig bleiben. (Wirft die zwey Ducaten in des Hw. Hut, in der Meinung, daß er sie in seinen eigenen geworfen, und greift wieder in den Sack.) Ein Ducaten gehört für die Jungfer Sopherl, die Köchin beym Herrn von Mußkatblüh, denn weil sie der Herrschaft das Essen stiehlt, und mir solches in das Haus schickt, so hab ich ihr letzthin ein Wäderl und Handschuh versprochen. (wirft den Ducaten, wie oben.) Der Ducaten gehört für eine Loge in die Komödie, sobald sie den Doctor Faust spielen, aber ehe nicht, denn ich habe der Frau, bey der ich auf dem Zimmer wohne, versprochen, sie hineinzuführen, und eine andere Komödie mag sie nicht sehen. (wie oben.) Für den letzten Ducaten kauf ich lauter ordinaire Harnadel von Spiegelsteinen, und wo ich zu einem Mädel komme, die mir gefällt, so schenk ich ihr einige davon, denn dieß sind zwar nur Kleinigkeiten, halten aber dabey gewisse Vortheile in sich, die niemand anderer so leicht als ein Friseur einsehen kann. (wirft, wie oben.) Also bleibt die Austheilung, und also sind die fünf Ducaten weg. (Hw. macht sich heimlich mit dem Gelde auf die Seite.) (Fris. will sein Geld aus dem Hut nehmen, und da er nichts findet) - was Teufel! wo sind meine Ducaten hingeflogen? ich muß sie neben den Hut geworfen haben. Zum Glücke, daß es nicht auf der Gasse ist. (sucht auf der Erde.)

Hw. geht mit dem Geld im Hut bey dem Fris vorbey.)

Fris. Was plunder! der Hanswurst? - -

Hw. (als ob er in Gedanken wär.) Das sind zusammen fünf Ducaten, - zwey davon gehören noch auf heute, die geb ich meinem betrogenen Herrn wieder zurück. (steckt sie in den Sack) Einen Ducaten den versauf ich für meine Bemühung. (steckt ihn ein.) - Ein Ducaten gehört für einige Schib Stroh und zwey spanische Röhre. (wie oben.) - und ein Ducaten gehört zum Trinkgelde für zwey Korporalen, die dem Herrn Friseur Arm und Bein entzwey schlagen. - So bleibt die Austheilung, und so sind die fünf Ducaten weg. - (zum Fris.) Hab ich dich erwischt du Hausbestie von einem Friseur -

so unterstehst du dich mit ehrlichen Leuthen zu verfahren? ‒ so betrügst du meinen gnädigen Herrn, der dir noch so vieles schenkt? ‒ ?

Fris. (voll Angst.) Sie erlauben, Herr Fourierschütz! ‒ sie sind einer irrigen Meinung. ‒ die Sache ist ganz anders.

Hw. Was anders? glaubst du verdammter Strick, daß ich nicht der ganzen Sache zugehört habe, was meines Herrn Papa mit dir geredet hat. ‒ Aber du sollst sehen, mit wem du zu thun hast. ‒ Bringe deine peruckenmacherische Seel in die Ordnung: du mußt sterben. (ziehrt den Säbel.)

Fris. (kniet nieder.) Herr von Hw. Ich bitt sie um alles in der Welt, verschonen sie mich, sie können alles Geld behalten, was sie von mir haben.

Hw. So glaubst du Hund! vielleicht, daß ich nur einen Gedanken gehabt habe, dir das Geld mehr zurückzugeben, und wenn alles das Deinige auch dabey wär, so nähm ich nicht damit vorlieb. ‒ Ich muß dich umbringen! ich hacke dich zu einer Pomade zusammen. (will auf den Fris. hauen.) (Fris. fängt an erschröcklich um Hülf zu schreyen: hiezu!)

Fünf-

Fünfzehnter Auftritt.
Hausmeister und die Vorigen.

Hausm. (vor sich.) Mir war, als ob ich im Zimmer hätte wen ganz still reden gehört, ich muß ein wenig sehen, was pausirt.

Frif. (schreyend.) Herr Hausmeister komm mir der Herr zu Hülfe, der Hr. Hanswurst will mich abstechen.

Hausm. zu Hansw. He he! was ist dieß? wird der Herr einstecken? was ist dieß für eine Manier.

Hw. zum Hausm. Geh mir weg, oder ich hau dir deine tauben Ohren auf einen Hieb vom Kopfe weg. (Hw. will den Frif. wieder lauen. (Hausm. und Frif. schreyen um Hülfe. Dazu.)

Sechzehnter Auftritt.
Heinzenfeld kommt herbeygelaufen, und die Vorigen.

Heinz. Sachte! sachte! ihr Leuthe! warum verfährt ihr miteinander so martialiter oder kriegerischer Weise? wißt ihr nicht, daß dieses in den Rechten legaliter oder gesätzmäßiger Weiße verbotten ist?

Hw. (vor sich) Der kömmt mir eben recht! (zum Heinz.) was geht denn das sie an? ich hab

hab meine Ursachen so zu handeln. Sie wissen den Teufel darum.

Heinz. He Kerl! rede du mit mir nicht so brutaliter oder grobe Weise.

Hw. Und reden sie mir nicht so bestialiter oder Ochsenweise, sonst schlag ich ihnen die Zähne in den Hals.

(Der Hausm. der Friseur und Heinzenfeld, welcher den Degen zieht, wollen über den Hw., solcher wehrt sich mit seinem Säbel. Dazu.)

Siebenzehnter Auftritt.

Valere und die Vorigen.

Val. zu Hw. Ja! geht es über dich? das ist mir erwünscht, aber du Hund sollst von meiner Hand sterben. (zieht den Degen, und geht auf den Hw. loß.

Hw. Nu! das geht gut! mein Herr, um den ich mich annehme, selbst wider mich? Nein! das geht zu weit.

Val. Ja! ich bin wider dich, weil ich dich, Betrüger! habe kennen gelernt.

Hausm. Wenn ich nur einen Säbel oder eine Ofengabel hätt, (alle gehen abermal auf den Hw. loß.)

Hw. Izt bin ich vor Zorn ausser mir = nur her! ich masacrire alles, was mir unter die Händ kömmt. (geht auf alle loß.)

Acht-

Achtzehnter Auftritt.

Alcantor und Hasenkopf eilends, und die Vorigen.

Alcant. Was ist hier für Lärm. (zu Val.) Ha! Herr Sohn! sind sie auch wider dabey? was machen sie hier?

Haf. Was soll die Rauferey in meinem Hause? was wollt ihr alle hier?

Val. Ich will meinen strafwürdigen Diener züchtigen.

Heinz. Ich will neutraliter oder unpartheyischer Weise ein Unglück verhüten.

Hw. Ich will den Friseur, der meinen Herrn hintergangen hat, erwürgen.

Fris. Und ich will mich nicht erwürgen lassen.

Haf. zum Hausm. Und was willst denn du?

Hausm. Wie? = .

Haf. Was willst denn du hier?

Hausm. Ich will gar nichts.

Haf. Je! so schiert euch alle zum Teufel!

Hw. Mir ists recht, so geht eine Gelegenheit miteinander.

Haf. zu Val. Und wie gerathen denn sie wieder in mein Haus?

Val. (verwirrt.) Weil ich morgen zum Regimente gehe, so hab ich ihnen meine Urlaubsvisite machen wollen.

Haf. Ja? und da kommen sie hieher zu raufen. schon gut, ich wünsche ihnen eine glückliche Reise.

Reise – ich kenne gar wohl ihre Ausrede, ich brauche in meinem Hause keine so ausschweifende Visiten, ich will wenigstens am Tage Ruhe vor den Lebendigen haben, da mich ohne hin die Todten bey der Nacht quälen. Hier braucht es nicht Vieles! fort! was nicht in mein Haus gehört.

Val. Ich gehe! aber sowohl meine gerechte Rache, als meine übrige Anschläge sollen gewiß zu Stande kommen (geht ab.)

Hw. Ich geh! aber so gewiß ich Hanswurst heisse, so gewiß erwürg ich den Friseur, und zeichne alle, die in das Haus gehören. (geht ab.)

Fris. Ich geh! aber ich verberge mich solange beym Hausmeister, bis der Hw. zum Regimente abgereiset ist. (geht ab.)

Hausm. Ich geh! aber ich habe kein Wort verstanden, was die anderen geredt haben. (geht ab.)

Has. Ich gehe selbst, aber ich will gleich den Hergang der ganzen Sache untersuchen. Herr Bruder! Hr. von Heinzenfeld! folgen sie mir (geht ab.)

Alcant. Ich gehe! aber ich will den Friseur suchen, der muß mir in allem Auskunft geben; denn was soll es gelten, mein Sohn oder sein Diener sind mir wieder zu gescheid geworden. (geht ab.)

Heinz. (nachdem er eine Weile in Gedanken gestanden.) Ich gehe! denn wenn alles geht, so muß ich auch gehen, naturaliter oder natürlicher Weise. (geht ab.

Dritter Aufzug.
Erster Auftritt.

Gasse.
Valere und Hanswurst.

Val. Ja! wenn es so ist, mein lieber Hw. so bist du freylich wohl unschuldig.

Hw. (seinen Herrn nachahmend.) Ja! wenn es so ist, mein lieber Hansw.! – nicht wahr, nun erkennen sie es, daß sie mir unrecht gethan haben? da ich schon so Vieles von ihnen habe leiden müssen. Sie brächten einen im unüberlegten Zorn um, und sodenn wenn er unschuldig todt wär, so sagten sie erst, ja! wenn es so ist, so ist er freylich wohl unschuldig umgebracht worden. – Das ist aber nachdem zu spät, und nicht genug. Man muß von Allem den Grund wissen, bevor man richtig schliessen will. Sie hätten gut zu einem Richter getaugt! sie liessen den Verbrecher eher aufhangen, und hielten alsdenn Rath, ob er es verdient habe.

Val. Aber sage selbst, was ich aus der ganzen Sache anders hätte schliessen sollen? ich gab dir den rechten Brief, und du brachtest die Schmähschrift, ich erkannte die Feder meines Vaters, folgsam mußt ich ja glauben, daß du es mit meinem

nem Vater geheim hielteſt, und mich zu hintergehen ſuchteſt.

Hw. Das hätten ſie wohl muthmaſſen, aber nicht glauben ſollen, beſonders, da ſie wiſſen, wie treu ich ihnen jederzeit gedienet habe, ſie hätten alſo ja die Sache abwarten können, bis ſie auf das Feine gekommen wären, hätten ſie mich ſchuldig befunden, würd ich meiner Strafe niemals entlaufen ſeyn, da ich in ihren und des Regiments Dienſten bin. Aber nein! da muß der Leutfreſſer gleich aus der Scheide heraus! – Es iſt zwar gut für ſie, wenn ſie viel Feuer haben, denn ſie ſind Soldat und Liebhaber, aber ihre Bravour müſſen ſie weit wo anders als gegen einen armen Diener zeigen, der noch dazu unſchuldig iſt.

Val. Wahrhaftig! du gibſt mir eine fürtrefliche Lehre. Ich denke immer, du bildeſt dir ein, daß du Herr ſeyeſt, und ich dein Diener?

Hw. Ey ja wohl, gnädiger Herr! ich weiß ſehr gut, daß ich in ihrem Dienſte bin, ich weiß aber auch, daß ſie ein junger Herr ſind, und ich ein alter Diener.

Val. O ſehr fein, Herr Hanswurſt! es iſt wahr, ich habe einen falſchen Verdacht auf dich geworfen, doch es ſey, ich bin auch vermögend, dir für dieſe Beleidigung genugzuthun. – Nur iſt mir unbegreiflich, wie es möglich geweſen, daß der Brief meines Vaters ohne deinen Vorwiſſen dir in die Hände gekommen, und wo mein Brief hingerathen.

Hw.

Hw. Daß weiß ich selbst nicht, aber solche Sachen sind eben keine Hexereyen, nachdem der alte Herr von Alcantor sowol, als der Friseur zusammengehalten, sie in ihrer Liebe zu verhindern, so werden sie sich auch alle Mühe von der Welt geben, uns die feinsten Streiche zu spielen. Vielleicht hat mir Ihro Herr Papa den Brief von ungefehr aus dem Sack gestohlen, und den andern dafür hineingesteckt - ich weiß es zwar nicht, sie gnädiger Herr müssen es besser wissen, ob der Herr Papa Säcke ausräumen kann? ist er ein Dieb?,,

Val. Du Narr! was ist dieß für eine Frage? in solchen Fällen könnt es ja seyn, daß er so geschickt wär.

Hw. Ja? (greift in den Sack, als ob er etwas suchte.)

Val. Was suchest du?

Hw. Ich habe nachgesehen, ob er mir nicht etwa bey dieser Gelegenheit meine Dose gestohlen habe, aber ich fand sie schon.

Val. Sey nicht so dumm vermessen. Es mag nun schon seyn, wie es will, der Streich ist einmal gespielt worden, und mir ist genug, was du aus dem Munde meines Vaters und des Friseurs gehört zu haben, mir gesagt hast. Wer uns einmal hintergeht, betrügt uns öfters - wir müssen also darauf bedacht seyn, unsere Sachen geschickt und sehr geheim zu unternehmen. Es ist Nacht, unsere Flucht wird in Kürze zu Stande kommen. Ich habe Henrietten bereits hiezu beredet,

redet, sie wird sich aller nur immer möglichen Vorsicht bedienen, durchzukommen, Lisette, die auch mitgehet, wird hiebey gleichfals ihr Bestes thun, und sollte die Sache durch List nicht können vollführet werden, so muß uns die Gewalt hiezu verhülflich seyn.

Hw. Durch Gewalt richten wir hier nichts, wie wollen wir sie mit Gewalt aus dem Hause bringen? sie glauben gewiß, es sey wie im Felde, wo man mit Gewalt Sturm lauft, eine Vestung zu erobern. Wenn man im Felde angereift, und auch ein Theil der Armee geschlagen wird, so ist doch der Succurs zu hoffen, der sich wehren, und den Sieg noch erhalten kann, aber wenn zwey bey unserer Attaque über die Stiege geworfen werden, so ligt die ganze Armee zu Boden.

Val. Befürchte nichts, die Sache ist mit Henrietten sehr geschickt verabgeredet; wir gehen itzt behutsam in das Haus, und sehen, wie wir uns heimlich in das Zimmer der Lisette schleichen können, dort bleiben wir so lange verschlossen, biß es Zeit seyn wird, unser Vorhaben auszuführen. Und wie meynest du, daß solches geschehen werde?

Hw. Das weiß ich würklich nicht, die Sache wird grosse Mühe kosten, das Fräulein und Lisette werden wiederum die ganze Nacht bey dem alten Herrn wachen müssen.

Val. Freylich müssen sie beyde wachen, aber eben dieses muß zu unserer Flucht Vieles beytragen, und kurz, du must heute Nacht einen Geist machen.

Hw.

Ein Lustspiel.

Hw. Ich? = ich bin ja kein Wasserbrenner, wie werd denn ich einen Geist machen, ich kann nicht einmal einen Kirschengeist machen.

Val. Du wirst die verstorbene Frau des alten Hasenkopf vorstellen, und ich seinen todten Bruder, die dazu nöthigen Kleider sind schon in der Lisette Zimmer, sie hat auch einen Hauptschlüssel hintergangen, der das Zimmer, in dem der Alte schläft, und alle übrige Thüren öfnet, wenn nun alles in größter Stille ist, öfnen wir die Thür, und gehen in das Schlafzimmer. Du must dir den Schröcken, in den der Hausmeister und der Alte bey unserem Anblicke verfallen werden, zu Nutz machen, alsogleich auf das Nachtlich zugehen, und solches auslöschen, ist es alsdenn finster, so werden Henriette und Lisette uns folgen, und wir können sie ohne alle Hinderniß entführen = wie gefällt dir der Anschlag?

Hw. Der Anschlag ist gut, jetzt kömmt es nur auf den Ausschlag an. Aber mit Geistern spott ich nicht gerne, ob ich gleich Soldat bin.

Val. Wir wollen auch nicht spotten, sondern wir bedienen uns nur dieser Gelegenheit, unsere Sache auszuführen, ohne uns über die Geister aufzuhalten, und es puckt ja in diesem Hause nicht, wie der Alte glaubt. Sage mir aber, hast du unsrer Seits zur Abreise alles richtig gemacht?

Hw. Alles ist veranstaltet, ihre und meine Bagage ist bey dem Wirthe aufgehoben, wo sie mir sie hinzutragen schon heute früh befohlen haben, und die Post ist auch um 12. Uhr Nachts dahin bestellt.   Val.

Val. Wie viele Pferde haſt du denn beſtellt?

Hw. Ich habe geſagt, vier Wägen und ein Pferd ſollen ſie dahin bringen.

Val. Vier Pferde und einen Wagen willſt du ſagen. Nu! das iſt ſchon gut.

Hw. Die Poſt hab ich auf einen fremden Namen begehrt.

Val. Das iſt gleichfals treflich gemacht. Mein Vater wird doch auch keinen Argwohn mehr haben; er denkt, daß ich morgen früh erſt abreiſe, und iſt der Meinung, daß ich bereits ſchlafe, weil ich mich von dem Nachttiſche mit dem Vorwande abgeſchraubet habe, als ob ich wegen morgiger Reiſe mich früh zu Bette legen wollte.

Zweyter Auftritt.
Liſette aus dem Hauſe, und die Vorigen.

Liſet. (welche ſich ganz ſchüchtern umſieht.) zu Val. O ſind ſie hier! ich habe mich eben davon geſchlichen, um zu ſehen, ob ſie nicht ſchon hier ſind. Itzt iſt die ſchönſte Gelegenheit, in das Haus zu kommen, denn der Hausmeiſter iſt ſeiner Gewohnheit nach in den Weinkeller gegangen, und der alte Herr ſitzt ſamt dem Fräulein und dem Heinzenfeld noch bey dem Nachtmale, drum ſäumen ſie nicht, und folgen ſie mir.

Val. Dieß iſt erwünſcht! Liſette! ihre Sorgfalt iſt unverbeſſerlich, ich folge ihr mit größtem Vergnügen. Hw.

Ein Lustspiel.

Hw. zu Lis. Aber itzt wirst du ja schon wissen, daß ich unschuldig bin, und wenn du es noch nicht weist, so wird dir es mein gnädiger Herr selbst sagen.

Lis. Es ist schon gut, ich glaube alles, ich habe dir auch alles verziehen, komm nur! im Hause können wir schon ein Mehreres schwätzen. (alle drey gehen in des Hasenkopfs Haus ab.)

Dritter Auftritt.
Alcantor allein aus dem Hause.

Alc. Aller Vorsicht ungeachtet, die ich bisher angewendet habe, will mir mein Herr Sohn dennoch zu gescheid werden, und die Entführung der Henriette zu Stande bringen; der feine Herr gieng nicht einmal zum Abendtische, unter dem Vorwande sich wegen morgiger Reise früh in das Beth zu machen, und da ich nun sein Schlafzimmer eröfne, so ist der Vogel samt seinem Diener und aller Bagage davon geflogen, und in seinem und des Hw. Bethe liegen zween Peruquenstöcke, die Schlafhauben auf dem Kopfe haben. Vermuthlich sind sie Beyde gegangen, Vorkehrungen zu machen, durch welche sie heute Nacht mit ihren Geliebten die Flucht ergreiffen wollen. Bis nun hat es unmöglich geschehen können, denn solange der alte Hasenkopf nicht zu Bethe geht, sieht er zu genau auf seine Tochter, und auch alsdenn soll die Sache nicht angehen. Der Friseur hat

hat bisher im Hause verborgen alles wahrnehmen müssen, und nun geh ich gleichfals versteckter Weise dahin, und verbleibe die Nacht hindurch im Hause, um im Falle, daß mein Sohn noch die Entführung der Henriette unternehmen wollte, solches alsogleich zu verhindern. O Himmel! lasse ja nicht zu, daß heute jene Nacht sey, in welcher ich gezwungen werde ein Geheimniß zu entdecken, welches ich erst bey meinem Lebensende bekannt zu machen mir vorgenommen habe. (geht ab in des Hasenkopfs Haus.)

Vierter Auftritt.

Der Hausmeister betrunken, eine Laterne tragend.

Das ist einmal richtig, für 8. Kreutzer kann man unmöglich ein besseres Glas Wein begehren, als man beym neuen Kellersitzer dort am Ecke bekommt. - Ein Wein, wie eine Milch, das ist wahr - und so gut, so gesund, als er nur seyn kann. - Und so naß ist er, daß es eine Freud ist - ja was das beste ist, man mag trinken soviel man will, so schadt er einem nicht. - taumelt) - er macht keinen Schwindel - und die Maaß nur für 8. Kreutzer, das ist zu verwundern - ich weiß zwar nicht, was es für ein Gewächs ist, aber ein Kutscher, der neben mir saß, sagte mir, daß er ihn für einen Rheinwein halte - ich aber glaube, er ist ein Lerchenfelderausbruch. - Zwo Maaß und einen Pfif hab ich zu Leibe genomnommen. ‧ Ich trinke zwar sonst nur eine Maaß, aber weil ich heute Nacht wieder wegen der Trud wachen muß, so hab ich mit Fleiß etwas mehr getrunken, daß mein Geblüt sauer wird, damit mich die Trud ungeschorren läßt, denn sie geht nur auf ein süsses Geblüt. ‧ Ich sag dieß, trinken soll Jederman, aber nur so viel, daß ihm der Wein nicht etwa schadet, oder daß er sich gar, wie manche viehische Leuthe, volltrinkt. (taumlend.) Itzt muß ich nach Haus sehen, denn was weiß ich, was der alte Herr Alcantor gesagt hat, wer heut Nacht durchgehn will. ‧ Meinerwegen mag durchgehn, wer will, wenn nur der Kellersitzer nicht durchgeht. (taumlend in das Haus.)

Fünfter Auftritt.

Zimmer des Hasenkopfs mit Tische, worauf ein unangebranntes Nachtlicht stehet.

Alcantor und der Friseur.

Ich kann Euer Gnaden gewiß versichern, daß sowohl dero Herr Sohn, als der Hansw. in der Lisette Zimmer sind, allwo sie sich verborgen halten, ich habe sie selbst in das Haus gehen gesehen, sie sind mit der Lisette gekommen, alsdenn hab ich mich ganz still in den finstern Gang geschlichen, wo das Zimmer der Lisette ist, bin auf einen Stuhl gestiegen, und hab ober der Thüre zum kleinen Fenster hineingesehen, und sonst

wei-

weiters nichts wahrgenommen, als daß der Herr Sohn auf dem Bethe saß, Hw. aber mit einem weissen Tuche über den Kopf sich in den Spiegel schaute, und zu seinem Herrn sagte: ich werde heute Nacht einen schönen Geist vorstellen. Sie müssen also etwa gesinnet seyn, heute Nacht Geister abzugeben, und bey Gelegenheit eines dem Herrn von Hasenkopf dadurch verursachten Schröckens, die Frauenzimmer zu entführen.

Alcant. Das ist gewiß ihre Absicht, aber ich will den Geistern schon durch den Sinn fahren, komm der Herr, die Sache kann solang nicht mehr anstehen, es ist schon spät, wir wollen uns in dem finstern Gange, wo der Lisette Zimmer ist, verborgen halten, und auf alles, was sie unternehmen werden, genau sehen, damit wir unsere Maaßregeln darnach nehmen können. Vor allem aber müssen wir trachten, daß die Hausthüre wohl verschlossen bleibe.

Frif. Alles soll geschehen, lassen Euer Gnaden nur mich Sorge tragen; denn einem Friseur zu gescheid zu werden, dazu gehört nicht wenig
(Beyde gehen ab.)

Sechster Auftritt.

Hasenkopf, Heinzenfeld, Henriette, Lisette, welche ein Licht trägt, und der Hausm. welcher ihnen mit einer Laterne hin und her taumlend leuchtet.

Has. zum Hausm. Ihr wanket schön hin und her, ich glaube, ihr habt euch heute Abends mit dem Wein zu vertraulich gemacht?

Hein. Ja ja! er sieht ziemlich bachanaliter oder fastnachtsmäßiger Weise aus. Dergleichen Leute sind nicht zufrieden, ihren Durste genug gethan zu haben, sondern sie saufen supernaturaliter oder übernatürlicher Weise.

Hausm. Ey ich bin nicht betrunken, ich weiß schon, was ich thue, ich kenne alle Leuthe. Das ist mein gnädiger Herr! - das ist das Fräulein - das ist Lisette - ich bin der Hausmeister - und sie sind der Herr von Hienzenfeld.

Hen. zu Lisette. Da hat er wohl die Wahrheit gesagt.

Has. zum Hausm. Heinzenfeld heist der gnädige Herr, du Ochs! und nicht Hienzenfeld (zum Heinz.) Sie müssen ihm vergeben, er ist ein dummer Mensch, er weiß nicht, was er spricht.

Heinz. O von Herzen gerne, ich verzeih es ihm levialiter oder leichter Weise.

Has. Herr von Heinzenfeld, ich wünsche ihnen nun eine angenehme Ruhe, und verhoffe, sie morgen wieder im besten Wohlstande zu sehen. - Hausmeister leuchtet dem jungen Herrn in sein Zimmer. Hausm.

Hausm. Wie? - was? -

Has. Dem jungen Herrn sollt ihr in sein Zimmer leuchten.

Hausm. Ja! - warum denn nicht, den Gefallen kann ich ihm ja thun.

Heinz. Hr. von Hasenkopf! Fräulein Henriette! ich wünsche ihnen dualiter oder zweyfacher Weise eine ruhige Nacht. (geht mit dem Hausm. ab; sodenn Hausm. wieder zuruck.)

Siebender Auftritt.

Hasenkopf, Henriette, Lisette sodenn der Hausmeister.

Henr. zu Lis. Wenn er nur bald zu Bethe gieng.

Lis. Er wird es solange nicht mehr machen.

Has. Ich hab euch doch befohlen, mich wegen Ausstreuung des Salzes nicht vergessen zu lassen, und dennoch sagt keine ein Wort hievon. (streut das Salz aus, und murmelt dabey.)

Henr (vor sich.) Das sind Possen! wie glücklich werd ich seyn, wenn mich Valere heute Nacht von meinem wahnwitzigen Vater befreyen wird.

Has. (legt das Holz mitten in das Zimmer, macht um selbes einen Kreiß mit der Kohle, und sagt dabey:) lachum Machum - - Schales Kales - - Aron Charon - - ! liebste Trud! ich bitte dich - heute Nacht

Ein Lustspiel.

Nacht verschone mich - sauge nicht aus mir das Blut - liebste Trud! (gibt dem Hausmeister zween Beesen) nehmt sie, und haltet sie bereit, wie ich euch heute schon gesagt habe.

Hausm. Es ist schon gut, sobald die Trud kömmt, so kehr ich sie hinaus.

Has. Jtzt Lisette! zünde das Nachtlicht an, und lösch die andern Lichter aus.

Lis. Ja gnädiger Herr! (Lisette zündet das Nachtlicht an, und löscht das andere Licht aus.)

Hausm. Löschen wir schon aus, so muß ich mein Licht auch auslöschen. (löscht das Licht in der Laterne aus.)

Has. Nur daß die Thüre gut verschlossen bleibt, (verschließt die Thür.) (zu Henr. und Lis.) Ihr hättet euch doch sollen eine Matratze oder sonst ein Bethgezeug mitnehmen; das stäte Sesselsitzen wird euch endlich auch zu beschwehrlich fallen.

Henr. Ach nein Herr Papa, es hat nichts zu sagen.

Lis. O! es wird ohne hin nicht lange mehr dauern.

Has. (ängstig.) Nicht lange mehr dauern, wie so? warum nicht lange dauern? - glaubst du vielleicht, daß ich nicht lange mehr leben werde, oder daß mich gar heute Nacht ein Gespenst erwürgen wird - hast du vielleicht eine Ahndung? - hast du etwas gehört oder gesehen? hat dir etwa von meinem Todte geträumt? oder ist der Todtenvogel auf meinem Hause gesessen? - rede! - was meynest du?   F 4   Lis.

Lif. Nichts von allen diesen, sondern ich meyne nur, daß es nicht lange mehr dauern werde, weil die Mittel, die sie nun wider die Trud anzuwenden wissen, ihnen und uns künftig ruhigere Nächte verschaffen werden (vor sich.) Ich weiß wohl, was ich gemeynt habe.

Haf. Der Himmel geb es. (er legt sich auf das Beth.) Nun seydt ein wenig still, vielleicht daß ich in einen Schlummer gerathe, denn so lange ich wache, ist meiner Furcht kein Ende.

Hausm. zu **Henr.** Wenn sie erlauben, so will ich nun auch meine Gelegenheit pflegen.

Henr. Macht, was ihr wollt.

Hausm. (nimmt einen Sessel, stellet solchen unweit des Haf. Beth, legt die zween Beesen neben sich auf die Erde, stellt die Laterne darneben, nimmt seine Schlafhaube aus der Tasche und setzt sich) = itzt will ich anfangen zu wachen. (schläft)

Lif. stellt zween Sessel unweit von dem Tische, worauf das Nachtlicht ist. (Hier sind die für uns bestimmte Bethe, zum Glücke, daß wir bald in Erwünschtere kommen werden.

(**Henr.** und **Lisette** setzen sich.)

Henr. Jeder Augenblick scheint mir eine Stunde zu seyn, denn da ich schon einmal die Flucht zu ergreifen entschlossen bin, so wünschte ich, daß die Unternehmung schon zu Stande gebracht wär.

Lif. Itzt ist der erwünschte Augenblick nicht mehr weit.

(Der Hausmeister schnarcht.)

Haf.

Ein Lustspiel.

Haf. setzt sich im Bethe auf. He! was schnarrt denn so entsetzlich?

Lis. Der Hausmeister Euer Gnaden!

Haf. Der wacht recht gut, der Flegel hat mich erschreckt, ich habe schon ein wenig eingeschlafen, und im halben Schlafe hab ich es nicht erkennen können, was so schnarrt, und habe vermeynt, ich hörte mit Ketten rasseln - Lisette! - weck ihn auf. (legt sich wieder.)

Lis. Gleich gnädiger Herr! (gibt dem Hausmeister einige Stösse.) Auf auf! -

Hausm. (erwachend) Ich schlaf ja ohnehin nicht, = so laß mich gehen. (schläft wieder ein.)

Lis. setzt sich nieder. Was doch manche Leuthe für einen Schlaf haben, der Kerl muß gewiß nicht verliebt seyn, sonst könnt er unmöglich so ruhig schlafen.

Henr. Du hast ja etwa nicht vergessen, dem Valere den Hauptschlüssel zu geben?

Lis. Wer würde so was Wichtiges vergessen, er hat ihn in meiner Gegenwart zu sich gestecket.

Haf. setzt sich auf. Es ist nicht möglich, ich kann kein Aug zumachen - sobald ich nur eines zuschliesse, so steht mein verstorbenes Weib vor mir - Henriette, Lisette, seydt ihr munter?

Henr. Ja Herr Papa!

Lis. Mir könnte nichts einfallen vom Schlafen.

Haf. Ich bitte euch um alles in der Welt, nur heute Nacht schlafet nicht, ich will euch morgen den ganzen Tag hindurch schlafen lassen, denn ihr könnt nicht glauben, wie ich mich förchte, ich schwitze am ganzen Leibe. (legt sich auf die andere Seite.)

Lis. zu Hw. Wie wird er erst schwitzen, wenn er die zween Geister sehen wird.

Has. setzt sich wieder auf. (sehr ängstig) Meine lieben Kinder, hört ihr nichts klopfen? mir ist, als ob etwas an der Wand klopfte! - still! - -

Lis. Es werden vielleicht Holzwürmer seyn.

Has. Ey ja Holzwürmer, das sind Todtenwürmer, die mich in das Grab klopfen. (weint) aber es sey in des Himmels Name, - gestorben muß es seyn. (legt sich wieder, und fängt an einzuschlummern.)

Henr. zu Lis. Es klopft gar nichts, es ist seine blosse Einbildung.

Lis. Ich höre nichts, und wenn auch etwas klopfte, was hätte es denn auch zu sagen?

Henr. Hast du alle Kleinigkeiten in meine Chatouille gebracht?

Lis. Geld, und Geldes werth, und was nur möglich war hineinzubringen, hab ich darein gepackt, sie steht gleich hinter meinem Bethe, und Hausm. wird sie schon mit sich nehmen. (Hausm. fällt auf die Erde, und schlägt die Laterne in die Weite von sich.) (Has. hierüber erwachend, springt vom Bethe auf, und fällt über den Hausm. auf die Erde.

Has. O weh! - Henriette - Lisette! kömmt mir zu Hülfe, ich bin verlohren, ein Gespenst
ist

Ein Lustspiel.

ist hier. (Henr. und Lisette stehen von ihren Sesseln auf, und heben den Hasenk. von der Erde.)

Henr. Es ist kein Gespenst Herr Papa, es ist nur der Hausmeister, der im Schlafe auf die Erde gefallen ist.

Lis. Der Flegel macht das ganze Haus unruhig, ich wär selbst bald erschrocken.

Has. Der verdammte Kerl! er soll wachen, daß ich keine Furcht habe, und wenn ich ein wenig einschlummerte, so macht mir der Schlingel selbst den größten Schröcken. ‒ Hier liegt er, und ist nicht einmal über seinen eigenen Fall munter geworden ‒ He! werdt ihr aufstehen?

Hausm. Ich bin schon da! ‒ was gibts? (greift auf der Erde herum.) Ich glaub, ich bin gar über das Beth hinabgefallen. (steht auf.)

Has. Heißt dieß Wachen?

Hausm. Wie?

Has. Ja! wie? Rindvieh! ihr sollt wachen, und schlaft, wie ein Ochs.

Hausm. Euer Gnaden verzeihen, ich hab kein Wort davon gewußt, daß ich schlaf, sonst hätt ich gewiß gewacht.

Has. Itzt sollt ihr mir nicht einmal mehr sitzen, sondern bleibt hier stehen, oder geht auf und ab, sonst schlaft ihr mir wieder ein, ‒ es wird euch ja diese Nacht ohne Schlaf nicht umbringen, ich lasse euch beym Tage dafür schlafen.

Hausm. Itzt schlaf ich gewiß nicht mehr ein, Euer Gnaden! (bleibt stehen, und fängt gleich darauf an, stehend zu schlafen. (Has.

Haf. Ich will mich wieder zu Bethe legen; (legt sich) wenn ich nur eine Stunde schlafen könnte - oder daß doch gar keine Nacht wär! (fängt an einzuschlafen.)

(Lis. und Henr. setzen sich wieder.)

Lis. zu Henr. Itzt dörften die Herren Geister schon kommen.

Henr. Je näher es gegen Mitternacht geht, desto besser ist es wegen der Nachbarschaft und der übrigen Leuthe, die etwa itzt noch auf der Gasse sind.

Lis. Ja ja! eines Theils haben sie recht, gnädiges Fräulein!

(Der Hausmeister greift im Schlafe nach einem Bethe, und da er endlich des Hasenkopf seines erreicht, steigt er in selbes, und legt sich auf ihm.) (Haf. hierüber erwachend, in Meynung, daß ihn die Trud drücke, schreyt entsetzlich:) = Lisette! Henriette! Hausmeister! steht mir bey! um des Himmels willen helft! die Trud erwürgt mich. = (Lis. und Henr. unwissend, daß es der Hausm., laufen bey diesem Lärm dem Bethe zu, indessen springt Haf. aus selbem, und lauft wie rasend im Zimmer hin und her, und schreyt immer zitterend:) = Liebste Trud! ich bitte dich, heute Nacht verschone mich - sauge nicht aus mir das Blut = liebste Trud! =

Lis. Euer Gnaden, es ist Niemand, als der verdammte Hausmeister; er ist im Schlaf in das Beth gestiegen.

Haf.

Ein Lustspiel.

Haf. (vor Angst sich nicht gegenwärtig, lauft immer herum und schreyt:) Lachum machum! - Schales Kales, - Aron Karon. Liebste Trud ich bitte dich,

Henr. So hören sie doch Herr Papa, es ist Niemand als der Hausmeister, sie können ihn noch im Bethe antreffen.

Haf. Was? (geht gegen das Beth, und da er den Hausm. darinn sieht) ey der verfluchte Kerl! was hab ich für Schröcken ausgestanden, meine Henriette! ich zittre am ganzen Leibe. (reißt den Hausm. zum Beth heraus.) Werdet ihr aufstehen, ihr verdammter Kerl! - was für Vermessenheit, in mein Beth zu steigen? mich so zu erschröcken. Ich hätte Lust, euch morgenfrüh gleich zum Henker zu jagen.

Hausm. (welcher munter wird) Euer Gnaden verzeihen, es ist nicht gerne geschehen, ich hab stehend geschlafen, und da hat mir geträumt, ich gieng auf einen Berg hinauf, und da bin ich denn ins Steigen gekommen.

Haf. Und da trettet ihr mir fast alle Beine entzwey. Wenn ihr es heute die ganze Nacht so forttreibet, so sterb ich noch vor Schröcken. (man hört in der Scene Ketten rasseln) (Haf. heftig erschrocken) O weh! was hör ich? - es rasselt mit Ketten, hört ihr es nicht?

Hausm. Ja ja! mir ist gewesen, als ob ich eine Kette hätte reden gehört.

Henr. Ja dießmal haben sie recht Papa, ich hab es selbst gehört. (zu Lif.) nun kömmt unsere Erlösung.

Lif.

Lis. Das war ein Kettengeräusch, das läßt sich nicht läugnen.

Has. (zitternd) O meine Kinder, nun hört ihr es selbst. O! wenn nur nichts in das Zimmer kömmt, (es fängt ärger und näher gegen die Thüre mit Ketten zu rasseln an.) O weh! es kömmt immer ärger, ich bin vor Angst ausser mir.

Achter Auftritt.

Valere und Hanswurst als Geister, Hw. eine Chatouille unter der Masque tragend, und die Vorigen.

Valere und Hansw. kommen mit langen Schritten in das Zimmer.

Has. (bey Erblickung der Geister) O! ich bin verlohren! - steht mir bey! - um des Himmels willen! ich sterbe vor Furcht. (fällt auf die Erde.)

Hausm. (entsetzlich schreyend:) Helft! der Teufel! - die Trud! - ein Geist! - ein Gespenst - die Klag - und der Sathanas sind hier. (springt in das Beth.)

Has. (immer auf der Erde schreyend:) Lisette! - Henriette! - Hausmeister! - Herr von Heinzenfeld! steht mir bey.

Hw. geht auf das Nachtlicht zu, und löscht es aus. (zu Has.) Fürchte dich nicht, ich thue dir nichts, ich bin nur der Brandweingeist

geist deiner verstorbenen Frau, denn weil sie
so gern in ihrem Leben Brandwein getrunken, so
hat sie zwey Seelen gehabt; ihre rechte Seel ist
in der andern Welt, und ich als ihre Brandwein-
seel muß ohne Leib solang in der Welt herum-
gehen, bis ich wieder in einen andern durstigen
Hals einer Brandweinliebhaberin einfahren kann.

Has. und Hausmeist. schreyen wieder
erbärmlich um Hülfe: Hiezu.

Neunter Auftritt.

Heinzenfeld in einem Nachtkleide ein
Licht tragend, und die Vorigen.

Heinz. Wer schreyt denn so infernaliter oder
höllischer Weise?

Valere gibt dem Heinz. eine Maulschelle, daß er zu Boden fällt, und Hw.
löscht ihm das Licht aus. (Val. führt
Henr. und Hw. Lis. bey der Hand ab.)

Has. He - Hausmeister.

Hausm. Gnädiger Herr.

Heinz. Hr. von Hasenkopf.

Has. Hr. von Heinzenfeld.

Heinz. Hausmeister.

Hausm. Gnädiger Herr.

Has. Hr. von Heinzenfeld, kommen sie mir
zu Hülfe.

Heinz. Ich kann nicht, ich bin durch den
Fall lethaliter oder tödtlicher Weise verletzt.

Has.

Haf. Wo sind Henriette und Lisette, daß ich sie nicht höre, sie liegen gewiß in Ohnmacht, wenn wir nur Licht hätten, ich sterbe vor Angst.

Zehenter Auftritt.

Alcantor, welcher Henrietten mit Gewalt in das Zimmer führt, Valere und Hansw. als Geister, Lisette, der Friseur, welcher zwey Lichter trägt, und die Vorigen.

Alcantor im Herausgehen zu Valere. Ich hoffe doch nicht, daß du so vermessen seyn wirst, Henrietten mit Gewalt mir aus den Händen zu reißen? = Bruder Hasenkopf! Haus-Heister! und wer zugegen ist, hier bring ich euch die lebendigen Geister zurück, die euch geplagt haben; es geht Betrug vor = steht mir bey, die Gespenster sind mein Sohn und der Hw. Beyde wollen Henrietten und Lisetten entführen.

Val. zu Hw. Was für ein Teufel hat eben meinen Vater hiehergeführt?

Hw. Fragen sie noch, wer anders, als der Friseurteufel; itzt wirds gut werden.

Haf. und Heinz. stehen von der Erde auf. Traum ich, oder wach ich? bist du hier Hr. Bruder? was sagst du? soll dieß möglich seyn? so hat man mich betrügen wollen?

Val. Ja! ich läugne es nicht, ich habe Henrietten entführen wollen; Henrietten, die, ungeachtet ich sie dermalen durch List nicht habe erhalten

halten können, dennoch meine Gemahlin werden muß.

Hw. Ja! ich läugne es auch nicht, ich habe die Lisette entführen wollen; die Lisette, die, ungeachtet ich sie als Geist nicht habe davonbringen können, ich dennoch als Fourierschütz mitnehmen werde.

Haf. Was für ein verdammter Zufall! was für eine ausserordentliche Vermessenheit, meine Tochter mir mit Gewalt entführen zu wollen, und dieses noch dazu auf eine Art, die mir einen solchen Schröcken zufüget, der mich hätte umbringen können.

Hw. Was wär es denn auch gewesen, wenn sie gleich gestorben wären, sie sind ja ohnedieß schon alt.

Haf. Ja? das ist vortreflich gedacht, er wird ohnehin wieder der Urheber dieser schönen Unternehmung gewesen seyn.

Hw. Der Urheber war ich eben nicht, aber mein Mögliches hab ich beygetragen.

Haf. Dafür soll ihn der Henker belohnen. Aber euch Beyde kann ich weit weniger verdenken, als die zwey Weibsbilder, die so vermessen sind, mit Soldaten bey der Nacht durchzugehen.

Henr. Da sie, Herr Vater, jederzeit einer zärtlichen Liebe, die nichts Sträfliches in sich hatte, ohne Ursach entgegen waren, so hab ich endlich meinem liebsten Valere den Vorschlag zugesagt, den er mir machte, daß ich heute Nacht mit ihm die Flucht ergreiffen sollte. Sie mögen nun

nun diese Sache mit Vernünftigen oder zornigen Augen ansehen, so sag ich ihnen, daß ich hiedurch ein geringes Verbrechen begangen habe, weil meine Flucht nur einzig die Verbindung mit dem Valere zum Zwecke hatte, welcher mich aus wahrer Liebe ehlichen und zuleich von der Sclaverey eines Vaters befreyen wollte, der, nachdem er mich solange durch seine eingebildete Furcht fast zu todte quälte, mich noch dazu mit dem närrischen ungeschliffenen und abgeschmackten Heinzenfeld zu verbinden suchte.

Heinz. (vor sich) Conjecturaliter oder vermuthlicher Weise sprechen sie von mir.

Has. Ja! und du mußt, und du wirst auch den Herrn von Heinzenfeld heyrathen.

Val. zu Has. Dafür steh ich ihnen, daß es nicht geschehen soll, eh soll sie das Wetter erschlagen.

Has. zu Alcant. Aber so seh doch nur Herr Bruder, was sich dein Herr Sohn unterfängt, und du stehst hier wie ein Hienz, als ob du nicht Vater wärest, und redest kein Wort.

Alcant. O Himmel! ich werde mich leider gezwungener Weise in das Mittel legen müssen.

Has. O ich werde der Sache ein End zu machen wissen, sobald der morgige Tag kömmt, soll Henriette im Kloster seyn.

Henr. Das werden sie vergebens unternehmen, denn ich versichere sie, daß keine Klostermauren oder antere Gefängniße mich so einzukerkern vermögend seyn sollten, daß ich nicht den
Weeg

Ein Luſtſpiel.

Weg finden würde, zu meinem Valere zu gelangen.

Val. Ich ſchwöre desgleichen, daß ich wie ein zweyter Orpheus, Henrietten als meine Euridice auch aus der Hölle hohlen wollte, und kurz ich muß Henrietten beſitzen, oder erwarten ſie von mir ein Unternehmen, daß ihrem Hauſe ein erſtaunliches Unglück über den Hals ziehen wird.

Haſ. zu Alc. Herr Bruder, was iſt zu thun? dein Sohn iſt im Stande, ermordt ſich ſelbſt, und geht nachdem feurig in meinem Hauſe herum, die zwey Leuthe ſind raſend ineinander verliebt; wenn du meynteſt Herr Bruder, ſo könnten wir, die Schande unſrer Häuſer zu vermeyden, ſie wohl zuſammen heyrathen laſſen, ich wollte ſchon ſehen mit dem Heinzenfeld zurechte zu kommen.

Alc. (vor ſich) Die Sache geht zu weit, nun kann ich nicht mehr, o Himmel! gieb mir Kräfte, mich zu entlarven. Haſenkopf! Henriette! Valere! höret mich, und erſtaunet zugleich über ein Geheimnuß, daß ich zwar erſt auf meinem Sterbbethe zu offenbahren mir vorgenommen habe, das ich aber nunmehro entdecken muß, um die größte Schande und ein erſchröckliches Laſter von meinem Hauſe abzuwenden; es fällt mir zwar ungemein ſchwehr, daß ich, liebſter Haſenkopf! mich dir, als einen Betrüger zeigen muß, allein die Nothwendigkeit der Sache, und mein innerer Richter befehlen mir, dir zu ſagen, daß Henriette keinesweges deine, ſondern meine wahrhafte Tochter, und Valerens ächte Schweſter iſt.

Haſ.

Haf. erstaunt. Was sagst du Herr Bruder!

Henr. (erschrocken) O Himmel! Valere, mein Bruder?

Val. (bestürzt) Henriette, die Geliebte! meine Schwester!

Haf. Alcantor! wie! wär es möglich, was du sagest? Henriette, deine Tochter?

Alc. Ja es ist nur allzuwahr! ich will dir alles entdecken; du weist noch sehr wohl, daß zur nemlichen Zeit, wo du einer Erbschaft wegen dich verreiset hattest, unsere beyden verstorbenen Frauen sich beysammen auf deinem Landgute befanden, allda zu gleicher Zeit in das Wochenbeth kamen, und jede eine Tochter zur Welt brachte, du weist auch noch wohl, daß damals der Ruf ergieng, daß jene Tochter, welche meine Frau gebohren hatte, in einigen Tagen gestorben wär. Darinn steckt nun der Betrug, den man gegen dich bisher gespielet hat. Das verstorbene Kind war dasjenige, wovon deine Frau die Mutter gewesen, ich und mein Weib bedienten uns dieser seltenen Gelegenheit, und überredeten deine Frau, welche ohnehin ganz kleinmüthig wegen des Schröckens war, den sie durch die Bekanntmachung des Verlustes deiner Tochter dir verursachen würde, daß sie meine gegenwärtige Tochter an Kindes statt annehmen, und dir hingegen mit uns vormachen sollte, daß wir unsres Kindes verlustiget worden wären. Deine Gemahlin willigte um desto leichter in diesen Vorschlag, weil sie meine Frau besonders liebte, und unser Kind durch dein Vermögen einst glück-

glücklich zu machen dachte. Der Betrug wurd erwünscht zu Stande gebracht, und das Kindsweib und die Amme, ausser denen kein Mensch Wissenschaft hievon hatte, brachte man durch Geld zur Verschwiegenheit, die ihnen der Tod in einigen Jahren darnach ewig auferlegte; deine Gemahlin, meine Frau und ich sezten eine Schrift auf, in welcher der Ausnahm enthalten war, daß, wenn du einst noch durch die Ehe einen Erben bekommen solltest, deinem rechten Kinde nichts zu entwenden, dir das ganze Geheimniß entdeckt werden sollte. Da sich aber dieses nicht mehr ereignet hatte, so liessen wir die Sache auch bey unserer Absicht bewenden. Deine Frau und mein Weib mochten hierüber sich gleichwol vielleicht einige Gewissensscrupel gemacht haben, weswegen sie sich entschlossen, bey ihrem Lebensende dir den Irrthum aufzuklären, und dir dabey meine Tochter anzubefehlen, da aber deine Gemahlin leider von einem jähen Todte überfallen ward, und mein Weib auf dem Lande starb, so blieb dieß Geheimniß bis nun verborgen, und würde noch verborgen geblieben seyn, wenn nicht der Himmel durch die sträfliche Liebe meines Sohnes gegen seine eigene Schwester mich gezwungen hätte, den Betrug an den Tag zu legen. Herr Bruder! wenn ich noch dieses Namens bey dir würdig bin, hier lis das Blat, wo deine Frau mit unterzeichnet ist. (giebt dem Zaf. eine Schrift.)

Haf. Ich weiß mich vor Erstaunen kaum zu fassen. (list heimlich.)

Henr. O Himmel! so spät lassest du mich meinen rechten Vater und Bruder erkennen.(weint.)

Hw. zu Hern. Seyen sie froh! sie kennen doch itzt gar zween Väter, einen rechten und einen Ziehvater, lassen sie also vielmehr jene Kinder weinen, die sogar nicht einmal von einem Vater etwas wissen.

Haf. Ja ja! Alcantor es ist deine Handschrift und zugleich die Unterschrift meines Weibes-es ist wahr du hast mich hintergangen, allein du hast mich auf eine Art hintergangen, die zu vergeben ist, denn da mich der Himmel mit keinem Kinde mehr gesegnet hat, so ist mir durch diesen Betrug kein Leid zugefüget worden.

Alcant. fällt dem Haf. zu Fuß. Mein theurister Herr Bruder! sehe mich zu deinen Füssen, bey welchen ich dich um Vergebung bitte, daß ich deine Güte und deine Freundschaft durch ein Unternehmen mißgebrauchet habe, zu welchen mich meine vormalige Armuth, und dabey das sträfliche Absehen, meine Tochter durch dein Vermögen einst glücklich zu machen, verleitet hat. Bey deinen Füssen dank ich dir auch zugleich für alles, was du meinem Kinde, das ohne sein Verschulden der Werkzeug meiner Betrügerey gewesen ist, Gutes erwiesen hast.

Henr. (Kniend) Ach mein Erzeuger! ach mein Pflegvater! erlauben sie, daß eine unglückselige Unschuldige sich zu ihren Füssen werffe,
und

und ihr kindliches Herz für Beyde zugleich theile. (zum Alc.) Sie mein Erzeuger, den ich in diesen beglückten Augenblicken erst kennen lehrne, und sie mein Pflegvater! (zum Haf.) dem ich durch alle Jahre meines Lebens so viele Gnaden, ja alles, was ich besitze zu verdanken habe, sind Beyde meiner kindlichen Liebe gleich würdig, ich umfasse ihre Knie, der Himmel segne sie, und ersetze ihnen aus seiner Hand häufig, was meine Liebe, Gehorsam und Dankbarkeit Beyden sowol wegen Ertheilung als Erhaltung meines Lebens zu bezahlen, unvermögend sind.

Haf. hebt Beyde von der Erde auf. Stehet auf! = meine Henriette! du bist mir unschätzbar, und ob du gleich deinen rechten Vater gefunden hast, so sollst du doch, wie vorhin meine Tochter verbleiben, denn du bist meiner Liebe vollkommen würdig. Hat dein rechter Vater mich dadurch zu hintergehen gesucht, daß er dich mir als ein Kind zugegeben hat, so sey auch dafür seine Strafe, daß du meine Tochter verbleiben, mich wie deinen Vater ferners ehren, lieben, und einstens die Besitzerin meines ganzen Vermögens werden sollest.

Henr. küst dem Haf. die Hand. Was für Gnade! mein Herr!..

Alc. zu Henr. Nenne ihn nicht Herr, sondern Vater, denn er ist allein bey dir dieses theuren Namens würdig = ich habe mich deiner kindlichen Liebe gänzlichen unwürdig gemacht. Da ich dich meine Tochter, meine rechtschaffene Tochter solange verläugnet habe, nur Hasenkopf ist deiner Liebe werth, und ich bin seiner Freundschaft gänzlich unwürdig.

Haſ. Nein Alcantor, dieser Zufall soll vielmehr das Band unsrer so alten Freundschaft von neuen befestigen, wir wollen, da wir uns bishero nur den Namen nach Brüder genennt haben, uns in Zukunft wie würkliche Brüder auf das theuriste lieben. (Alc. und Haſ. umarmen sich.)

Val. (welcher bisher in Gedanken gestanden.) Endlich komm ich von meinem Erstaunen zu mir selbst, o Himmel! was lässest du mich erleben! ich, der ich mich noch niemals in eine verbindliche Liebe eingelassen habe, mußte eben ohne meinem Wissen die sträflichste Liebe der Welt erwählen, und meine eigene Schwester lieben? - Henriette! - -

Alcant. Sie nennt sich nicht Henriette, sie heist Rosette, denn diesen Nam gab man ihr, als sie zur Welt kamm.

Haſ. Sie muß Henriette verbleiben, da sie meine Tochter verbleibt.

Val. Henriette, vormals angebettete Geliebte nunmehro theuriste Schwester! - was soll ich zu dir sagen? soll ich mich des Glückes erfreuen, dich als Schwester gefunden zu haben, da ich dadurch an dir diejenige, die ich über alles der Welt geliebt habe, ja eine Gemahlin selbst verliehre?

Henr. Verdopple deine brüderliche Liebe gegen mich, so wie ich sie als Schwester gegen dich
ver-

vervielfältige, wir wollen uns immer stärker lieben, und einer sträflichen Liebe gänzlichen vergessen, die uns auch nur bey der Erinnerung Schröcken und Abscheu erwecken muß, und die, falls sie zu Stande gekommen wär, uns Lebenslang dem Himmel verabscheuungswürdig und unglücklich gemacht hätte.

Alcant. Der Himmel hat mir die Gnade gegeben, noch zur Zeit eurem Unglücke vorzukommen. Liebt euch Beyde mit der Freundschaft heiliger Liebe, solang ihr athmet.

Lis. Das ist eine Begebenheit! wer hätte dieß heut noch alles vermuthen sollen.

Fris. Die Welt gleicht einem Kopfe, der lange nicht gekraußt worden, denn sie ist voll Verwicklung.

Heinz. Was erlebt man nicht alles temporaliter oder zeitlicher Weise.

Hw. Wer hätt sich sollen vorstellen, daß das Fräulein Henriette ein Wechselbalg seyn sollte?

Has. Wie? - was sagt er guter Freund? wer ist ein Wechselbalg?

Hw. Nu! das Fräulein ist ja verwechselt worden, folgsam ist es ja ein Wechselbalg.

Has. Sie ist freylich mir statt meiner Tochter gegeben worden, aber derowegen ist sie kein Wechselbalg. Wechselbälge nennt man nur die jenigen ungestalteten Geschöpfe, die statt anderer Kinder den Eltern durch Gespenster oder sonst durch böse Leuthe verwechselt werden.

Hw. Ja! das müssen sie freylich wohl wissen, denn sie sind ja der Geister und Trudenmacher.

Haſ. Ey schweig er, er weiß nicht, was er redet.

Heinz. Was wird denn finaliter oder endlicher Weise aus der ganzen Sache werden? wollen sie die ganze Nacht hier stehen bleiben?

Haſ. Da sich eine so unverhofte Sache in der Nacht ereignet hat, so glaub ich wenigstens, daß Keines von allen, die hieran Antheil haben, sich zu Bethe zu legen, gesinnet seyn wird, allein wir wollen uns in ein anders Zimmer begeben, wo wir uns alle setzen, und weiter aus der Sache reden können.

Heinz. zu Haſ. Da geh ich nicht mit, ich habe gerne meine Ruh bey der Nacht; ich gehe sie nur quæſtionaliter oder Fragweise an, ob das Fräulein mich heyrathen will oder nicht?

Haſ. Ich als ihr Pflegvater nehme mich der Sache nichts mehr an, sondern überlasse alles ihrem eigenen Willen.

Alcant. Und ich als ihr Erzeuger bin nicht entgegen, wenn sie ja spricht.

Henr. Herr von Heinzenfeld, ich sage ihnen ohne Verstellung, daß sie für mich nicht gemacht sind, und daß ich, da mein Geliebter zum Bruder geworden, mich nicht zu verbinden gedenke, sondern vielleicht gar entschliessen werde, in ein Kloster zu gehen.

Heinz. Nu! wenn sie lieber clauſtraliter oder klösterlicher Weise, als conjugaliter oder eblicher

Weise

Weise leben wollen, so kann ich auch nicht dafür, es ist gut, daß ich es weiß, so geh ich morgen recessualiter oder zurückkehrender Weise nach meinem Vaterlande. (geht ab.)

Val. Die heute so unverhoft entstandene Begebenheit macht, daß ich meiner Schwester zu Liebe die Abreise zum Regimente bis übermorgen verschieben werde, denn ein so unverhofter Zufall wird hinreichend seyn, mich zu entschuldigen, wenn ich auch etwas später beym Regimente eintreffe.

Hw. Ich muß also gegen 12 Uhr nach dem Wirthshause gehen, und die Post abschaffen. Hr. von Hasenkopf, da unser Vorhaben nicht ausgeführt worden, so nehmen sie hier die Chatouille wieder, die mit uns hätt reisen sollen. (gibt sie dem Has.)

Has. Bravo, ihr habt recht treflich eingepackt.

Hw. Ja! wir hätten das Haus auch gerne hineingepackt, wenn es möglich gewesen wär.

Has. Das will ich gerne glauben. Der Herr Fourierschütz muß überhaupt das meiste überall beygetragen haben. - Nun ist zwar alles verziehen, aber als Gespenster mich zu erschrecken, das war zu arg, wo ihr doch wisset, wie sehr ich der Furcht ergeben bin.

Hw. Wir haben eben geglaubt, sie dadurch gescheider zu machen.

Has. Und was will denn der Friseur so spät bey mir im Hause?

Fris. Ich habe die ganze Hochzeit auseinander frisiren müssen.

Alc.

Alc. Er war mein Werkzeug, er hat alles ausspähen, und mir zu Ausführung meines Vorhabens verhülflich seyn müssen.

Hw. Den Friseur muß ich, bevor ich noch zum Regimente reise, mit meinen Händen aufkrausen, denn er hat mit meinem Herrn schlecht gehandelt.

Val. zu Hw. Dank ihm vielmehr, daß er meiner Liebe hinderlich gewesen.

Fris. Frisirt wird heut Nacht nichts mehr, sonst bin ich auch hier nicht nothwendig, ich werd für mich ein Beth suchen. Gehorsamster Diener allerseits. (geht ab.)

Hw. zu Alc. Nur das einzige sagen sie mir zur Gnade, durch was für einen Schelmenstreich sie mir den Schmähbrief an das Fräulein und an die Lisette in die Hand gespielt haben.

Alc. Eben als du deines Herrn Brief der Lisette geben wolltest, hab ich hinter euch meinen der Lisette vorgehalten, und deinen weggenommen.

Hw. Was sie für ein sinnreicher Strick sind.

Has. zu Hw. He, vergeht euch gegen den Vater eures Herrn nicht! Freunde, Tochter! folget mir, wir wollen die heutige Nacht mit Unterredungen zubringen, und wenn wir uns von unserer Verwunderung genug erholet haben, erst zu Bethe gehn. Mir ist es ohnehin gleich recht, denn ich wollte, daß ich alle Nächte so viele Leuthe um mich hätte.

Alc.

Alc. Liebster Bruder! für alle deine Gnaden, die du mir und meinem Kinde bisher erwiesen hast, und noch erweisen willst, weiß ich dir nichts andres Dienstbares zu bezeigen, als daß ich alle Kräfte anwende, dir deine ungegründete Furcht, die dich bisher fast zu todte gequälet hat, zu benehmen, und ehe nicht nachlasse, bis ich dieses mein Vorhaben zu Stande gebracht habe.

Has. nimmt ein Licht vom Tische. Es ist wahr, daß meine Furcht meistentheils ohne Ursach gewesen, die heutige Nacht allein hat mir so vielen Schröcken verursachet, den ich leicht hätte vermeiden können, wenn ich den Grund der Sache genauer untersucht hätte; ich werde in Zukunft mich so leichterdingen nicht mehr fürchten, aber daß es Geister gebe, werd ich Lebenslang glauben, und wegen der Trud und der Klage, davon wollen wir ein andermal reden. - - Folgen sie mir. (Has. Val. Her. und Alcant. gehen ab.)

Liset. zu Hw. Wie steht es denn bey dieser Verwirrung mit unserer Heyrath?

Hansw. Sehr schlecht. Die Henriette hat mein Herr doch für eine Tochter des alten Hasenkopf gehalten, und gleichwol ist es zuletzt herausgekommen, daß sie einen andern Vater hat, und seine Schwester ist. Wie könnt es erst bey uns gehn? du hast keine Eltern mehr, und ich weiß gar nicht, ob ich einen Vater gehabt hab, denn ich bin beym Regimente aufgewachsen. Einstens, wenn ich dich schon geheyrathet hätte, könnt es herauskommen, daß ich entweder dein Bruder wäre, oder das du gar die Schwester vom ganzen Regiment wärest, da könnt alsdenn eine Historie entstehn, daß wir die Händ über den Kopf zusammenschlagen müßten. Es ist gesünder, wir bleiben jedes für sich. (geht ab.)

Lis. Er macht es eben so, wie alle falsche Mannsbilder, die froh sind, wenn sie eine Ausrede finden, sich von einem Mädel loszubringen, der sie schon lange das Maul gemacht haben. (geht ab.)

Hausm. (richtet sich im Bethe auf, und schreyt:) He! wie viel Uhr ists?) springt vom Beth heraus.) Was Plunder! ist kein Mensch mehr hier? sind sie alle fortgelaufen, und haben mich alleine liegen lassen? oder sind sie alle von Geistern zerrissen worden, da muß ich gleich nachsehen. = = Aber ich hab unvergleichlich geschlafen, und noch dazu einen recht wunderlichen Traum gehabt. Mir traumte, daß ich in der Komödie agiret, zuletzt, wie sie gewöhnlich auffolgenden Tag verkünden, selbst verkündet, und gesagt hätte: Es wird rc. rc. = •

NB. Hier meldet er das nächstkünftige Schauspiel, und die Decke fällt zu.

Ende des Lustspiels.